खट्टी-मीठी
प्रेरक कहानियाँ

खट्टी-मीठी प्रेरक कहानियाँ

सं. सुधा मूर्ति

प्रकाशक • **प्रभात प्रकाशन प्रा. लि.**
4/19 आसफ अली रोड,
नई दिल्ली–110002

संस्करण • 2026
मूल्य • तीन सौ पचास रुपए
मुद्रक • नरुला प्रिंटर्स, दिल्ली

KHATTI-MEETHI PRERAK KAHANIYAN
stories Ed. by Smt. Sudha Murthy ₹ 350.00
Published by Prabhat Prakashan Pvt. Ltd., 4/19 Asaf Ali Road, New Delhi-2
e-mail: prabhatbooks@gmail.com ISBN 978-93-5186-673-2

प्रस्तावना

मेरी पुस्तक के बाजार में आने के बाद एक दिन घर लौटते हुए मैंने अपनी अप्रत्याशित साहित्यिक यात्रा के बारे में सोचा। मैं विस्मय से भर उठी, जब मैंने महसूस किया कि जो भी पुस्तकें मैं लिख चुकी हूँ, वे वास्तव में मेरे बारे में नहीं हैं; ये उन लोगों के बारे में हैं, जिनसे मैं मिली हूँ, उन जगहों के बारे में हैं, जहाँ मैं रही हूँ और मुझे इन लोगों से जुड़े होने का सौभाग्य मिला। मैंने अपने आपको धन्य माना। इतना भाग्यशाली कि मैं इस स्थिति में रही कि लोगों की मदद कर पाई। उन लोगों ने अपने हृदय के अंदर मुझे जगह दी और मुझसे अपने अत्यंत निजी विचार और समस्याएँ साझा कीं। उन्होंने मुझे कहानियाँ दीं और मुझे उन कहानियों में पात्र बनने का मौका मिला। कभी-कभी मैं उन कहानियों में मुख्य पात्र के रूप में रही, पर ज्यादातर समय मैं एक आकस्मिक पात्र या अपूर्वग्रही कहानीकार के रूप में उपस्थित रही।

इसलिए जब मैं इस पुस्तक के बारे में मैं कुछ अनूठा करना चाहती थी। बहुत सालों से लेखन मेरे लिए अपने पाठकों के साथ एकतरफा संवाद रहा है। आप मुझसे इसलिए जुड़ते, क्योंकि हम समान मूल्य साझा कर रहे थे और हम दोनों ही मानव मस्तिष्क के विविध आयामों से आकर्षित होते थे। इस समय, मैं आशा करती हूँ, एक मौका है जब मैं अपने पाठकों से ज्यादा बेहतर तरीके से जुड़ सकती हूँ। जिंदगी ने जो आपको अनुभव दिए हैं, उनको जानकर उनसे कुछ सीखना चाहती हूँ।

इसलिए हमारे दिमाग में एक ऐसी प्रतियोगिता का विचार आया, जिसमें हम अपने पाठकों से अपने जीवन की प्रेरणादायक कहानियाँ भेजने का आग्रह करें। ऐसी अनकही कहानियों को पाकर हमारी खुशी का ठिकाना नहीं रहा। मुझे बहुत खुशी है कि हम इसमें सफल हुए।

इस पुस्तक में कहानीकार आपको ऐसी जगहों में ले जाएँगे, जिससे आज के युवाओं पर आपका भरोसा बढ़ेगा और आप उनके सच को कहने के इस तरीके की तारीफ किए बिना नहीं रह पाएँगे। आग्नेय नाम की लड़की आपके दिल में ऐसी जगह बना लेगी कि आप चाहेंगे कि वह आपकी लड़की होती, जबकि समाज की नजर में उसने बहुत ही गलत काम किया था। एक कहानी ऐसे लड़के की है, जो अपने हिंसक और अल्जाइमर पीड़ित बाबा के साथ बड़ी दृढता के साथ खड़ा रहता है। दरिद्र बच्चों का एक ऐसा समूह, जो तूफान के बाद सड़कों पर गिरे हुए फल उठाता है, आपको जीवन की एक महत्त्वपूर्ण सीख देगा।

उन अनोखी प्रविष्टियों को बार-बार पढ़ते हुए जो हमें प्राप्त हो रही थीं, हमने पाया कि पुरानी पीढ़ी के पास परवरिश से जुड़े मुद्दे और जीवन की मुश्किल समस्याओं के प्रति कुछ अनूठे समाधान हैं। एक पिता है, जो अपना चश्मा नहीं खोज सकता, एक बूढ़ा स्कूल प्रधानाध्यापक, जो एक बुरे आदमी को दुम दबाकर भागने पर मजबूर कर देता है, और एक रहस्यमयी दंपती, जो एक छोटी बच्ची को गोद लेता है। एक जवान आदमी को प्यार की सही प्रकृति का अंदाजा तब होता है, जब वह अपने बिस्तर पर पड़े बूढ़े दादी बाबा के साथ सच का एक दुर्लभ क्षण व्यतीत करता है। वह महसूस करता है कि दशकों बीत जाने के बावजूद उसके बाबा और स्कूल शिक्षक को इतनी इज्जत क्यों मिलती है।

मैं उम्मीद करती हूँ कि कुछ कहानियों को पढ़कर आपके रोंगटे खड़े हो जाएँगे। जैसा मुझे महसूस हुआ, जब मैंने पढ़ा कि एक महिला अपने घरेलू कामों के लिए एक हिजड़े को रखती है, गुंडों का एक

समूह बारिश की एक भीगी रात में एक लड़की की रक्षा करता है, एक प्लास्टिक सर्जन एक मरीज का ऑपरेशन करने को इसलिए मना कर देता है, क्योंकि वह अनावश्यक काररवाई की माँग करता है, और एक लड़के की मार्मिक कहानी, जिसने सालों पहले एक बच्चे लंगूर को निश्चित मौत के मुँह में जाने से बचाया था।

फिर आप पढ़ेंगे एक ऐसी लड़की की कहानी, जिसने बंदरों के कबीले से भागने में सफलता प्राप्त की, एक खुबसूरत युवती की कहानी, जिसे तेजाब के हमले के बाद घरवालों ने स्वीकारने से मना कर दिया, एक अकेली माँ, जो बड़ी मुश्किल से एक इमारत की आग से बची, एक नवयुवती, जिसने बहुत साहस दिखाया, जब ट्रेन में उसके ऊपर हमला हुआ। आज की महिलाओं को रहम, दया या किसी भीख की जरूरत नहीं है। वे परिवर्तन की तलाश में हैं, मानसिकता में परिवर्तन और कानूनों का अमल होना, जो सही और न्यायसंगत हों। संभवत: वे नहीं जानतीं कि वे खुद ही परिवर्तन की अगुवा हैं, जोकि बहुत लंबे समय से लंबित हैं।

एक कहावत है कि तथ्य कल्पना से भी अधिक आश्चर्यजनक होता है।

—सुधा मूर्ति

अनुक्रम

स्वीकृति

—भास्वर मुखर्जी

मलायपुर में बने श्रीनिवासन के सातवें मंजिल पर स्थित घर में जनवरी की सुबह सात बजे से ही तपता निष्ठुर सूरज खुली खिड़की के रास्ते दाखिल होकर आग बरसाने लगता था। चेन्नई में तीन ही प्रमुख मौसम थे—गरम, बहुत गरम और उससे भी ज्यादा गरम। शहर अभी से ही गरम होने लगा था। यह वह समय था, जब देश के दूसरे हिस्सों में अभी भी सर्दियाँ चल रही थीं।

बढ़ते पारे के साथ ही घर के भीतर का भी पारा बढ़कर उबाल पर था। घटनाक्रम शुरू हुआ शुभ पोंगल त्योहार के दौरान। पोंगल, जोकि परंपरागत रूप से फसल कटाई के मौसम का सूचक है और इस दौरान लोग ईश्वर से खेती के अधिक फलदायी होने की प्रार्थना करते हैं। इसी मौसम में श्री अशोक श्रीनिवासनजी की माँ उनके घर पधारी। सावित्री ने बड़ी मेहनत एवं प्रेम से पुत्र और पौत्र के लिए पकवानों एवं मिठाइयों का चयन किया था और अपने साथ लाई थी। उसका पौत्र अभी मात्र तीन वर्ष का था। उसकी बहू के साथ उसके संबंध या तो ठंडे कहे जा सकते थे या शत्रुतापूर्ण। सावित्री, रमा के दिल्ली में आधुनिक तरीके से पले-बढ़े होने से चिढ़ती थी और जब तक उसके पति श्रीनिवास वेल्लु जीवित रहे, उन्हें इस रिश्ते के लिए कोसती रही। सावित्री इस संसार में अकेली रह गई थी। वह जीवित रहने के लिए प्रयासरत थी।

वह अपने लड़के की दुनिया में अपनी जगह और स्वीकार्यता बनाने के लिए संघर्षरत थी। यह दुनिया तेजी से उससे दूर होती जा रही थी, पहले उसके बेटे की शादी की वजह से और फिर उसके पौत्र के जन्मोपरांत।

पारे के चढ़ने का दूसरा कारण था घरेलू नौकरानी द्वारा त्योहार के वक्त एक हफ्ते की छुट्टी माँग लेना। जब उसने छुट्टी न मिलने की संभावना देखी तो तुरंत नौकरी छोड़ दी। अब विजय की देखभाल करनेवाला कोई नहीं था। रमा सावित्री के आने का अनुचित फायदा नहीं उठाना चाहती थी। परिवार को इस समस्या का स्थायी हल चाहिए था।

पर उसी समय रमा की छुट्टी की दरखावस्त भी नामंजूर हो गई।

बैठक में अशोक 'हिंदू' पढ़ने में मशगूल था। 'हिंदू' शहर की समाचार क्षुधा को शांत करने का साधन था। वह हिजड़ों को तीसरे लिंग के रूप में कानूनी मान्यता देने और उन्हें समान अधिकार देने की वकालत करनेवाले एक लेख में खोया हुआ था।

अचानक रमा ने गुस्से में कुछ बुदबुदाया और कॉफी का मग अशोक के बगल में रखी टेबल पर जोर से पटका। उसके गुस्से और खीझ को भाँपते हुए अशोक ने उसकी क्रोधाग्नि को शांत करने लिए कहा, "धीरज रखो रमा, हम कुछ-न-कुछ इंतजाम कर लेंगे।" उसने अखबार किनारे रखा और कॉफी की तरफ हाथ बढ़ाया।

रमा, जो जाने के लिए मुड़ गई थी, पीछे घूमी, उसने कूल्हों पर अपने हाथ रखे, उसको घूरा, धीरे से हाँफते हुए, उसकी छाती अंदर की उथल-पुथल से काँप रही थी। वह सुबह खाना बनाने और दैनिक कार्यों को निबटाने के दबाव में पसीना-पसीना हो रही थी।

जल्लीकट्टु तमिलनाडु का एक लोकप्रिय खेल है। यह पोंगल के दौरान आयोजित किया जाता है। इसमें लोग बैल को काबू में करने की कोशिश करते हैं। स्पेनिश बैलों की दौड़ की तरह इसमें न तो जानवर मारे जाते हैं और न ही मैटाडोर किसी हथियार का इस्तेमाल करते हैं।

बैलों का चयन पुलिकुमलम जाति के मवेशियों में से किया जाता है, जोकि हमला चिढ़कर या डरकर नहीं, अपितु इसलिए करते हैं, क्योंकि आक्रमण करना उनका स्वभाव होता है, जो इन्हें काबू में करने का साहस दिखाते हैं। वे या तो लड़ते हैं या भाग जाते हैं। इसी प्रकार के भय के साथ अशोक की नजरें रमा से मिलीं। ''कैसे हम कभी ये कर पाएँगे, जब तुम्हारी दिलचस्पी घर की चिंताओं से ज्यादा राज्य की समस्याओं में है?'' उसने पूछा।

''उस एजेंसी का क्या, जिससे हमने पहले बात की थी?'' अशोक ने दबे स्वर में उत्तर दिया।

वे हमें पिछले तीन महीनों में दो और आधी नौकरानियाँ भेज चुके हैं।

''आधी?'' उसने पूछा, इस बात को भूलते हुए कि उसकी पत्नी के साथ होनेवाली उसकी बहसों में शांति भी बहादुरी का एक रूप थी।

''क्या तुम्हें कुछ भी याद नहीं रहता'', रमा गरजी, ''उन्होंने हमारे पास किसी को भेजा था, जो लगभग विजय की उम्र का था।''

बैठक में हो रहे शोर को सुनकर सावित्री चौखट में पारंपरिक रूप से बननेवाले कॉलम को सजाना छोड़कर, विजय को साथ लेकर जल्दी से अंदर आई और कहा कि क्या हुआ? अशोक? उसने दरवाजा बंद किया और अपने गंदे हाथों को साड़ी में पोंछा।

रमा ने मुड़कर जलती हुई निगाहों से सावित्री को देखा। सास-बहू ने एक-दूसरे को यूँ देखा, मानो बात आगे बढ़ाने का न्योता दे रही हों।

विजय, जो पहले बरामदे में सावित्री के पास बैठा उसे चावल के रंगीन आटे से जटिल आकृतियाँ बनाते देख रहा था, अब माता-पिता की अनदेखी को भाँपते हुए हाथ में लिये चॉक के टुकड़े को चूसने लगा था।

और जैसा कि ज्यादातर होता है, राजाओं की लड़ाई में प्यादे ही

मारे जाते हैं। विजय! रमा चीखी अपने लड़के को देखकर, जिसने कि चूने के पत्थर का एक बड़ा सा टुकड़ा मुँह में डाल लिया था। उसने तुरंत चॉक को फेंका और रोने लगा।

यह हंगामा दरवाजे की घंटी के बजने से बाधित हुआ। ज्यादातर सुबह के वक्त इस घंटी का बजना परिवार को अच्छा नहीं लगता था, क्योंकि सभी काम निबटाकर दफ्तर या स्कूल जाने की तैयारी में होते थे। आज हालाँकि इसका अच्छा प्रभाव हुआ, विजय ने रोना बंद कर दिया और रमा व सावित्री ने अपने पंजे वापस खींचते हुए युद्ध समाप्ति की घोषणा कर दी। अशोक ने दरवाजे की ओर उस कृतज्ञता से देखा जैसे एक हारा हुआ मुक्केबाज लड़ाई समाप्त होने की घोषणा करनेवाली घंटी की ओर देखता है। रमा को दरवाजा खोलते ही एक झटका लगा, एक विशालकाय महिला उसके सामने खड़ी थी। वह एक बेढंगी सी साड़ी में लिपटी हुई थी। उसकी लंबाई छह फीट और बाजू मांसल थीं। त्वरित सदमे के साथ रमा को यह अहसास हुआ कि उसके सामने खड़ी आकृति सड़क पर घूमनेवाले हिजड़ों से मिलती थी, जो ट्रैफिक रोककर वसूली करते थे। क्या अब इन लोगों का दुस्साहस इतना बढ़ गया है कि ये सड़कों को छोड़कर घरों में वसूली करने आने लगे हैं? उसे आश्चर्य हुआ। उसने चिढ़ की जगह सावधानी का प्रयोग करते हुए दरवाजे को थोड़ा बंद करते हुए रात्रि-ताला लगाया, जिससे कि वह उससे बात कर सके और कड़े स्वर में पूछा, "हाँ, क्या है?"

उस महिला ने नम्रता से एक आदमी के स्वर में कहा, "मैं आपको परेशान करने के लिए माफी चाहती हूँ, मैडम। मैंने सुना है कि आपको एक नौकरानी की तलाश है, क्या यह सच है?"

रमा को वह भयानक व्यवहार याद आया, जो ये भगवान् के बनाए हुए और समाज द्वारा तिरस्कृत जीव सड़कों पर उसके मुँह के पास आकर, ताली बजाते हुए या कार की खिड़की को खटखटाते वक्त दिखाते थे। वह इस नम्रता से अचंभित हुई।

हम···हम···वह हड़बड़ाई। उसका जवाब सावित्री की चीख में दब गया। सावित्री अब अपने-आप पर काबू नहीं रख पा रही थी, वह चिल्लाई, "दरवाजा बंद करो। दरवाजा बंद करो। थोड़ा इंतजार करो।" रमा ने कहते हुए जल्दी से दरवाजा बंद किया।

सावित्री भागती हुई अशोक के पास आई और चिल्लाई, "दरवाजे पर एक आदमी महिला की साड़ी पहने खड़ा है। वह हमें लूटने आया है। क्या हमें पुलिस को बुलाना चाहिए?" अशोक सुबह के अखबार को पढ़ पाने की सारी आशाओं को छोड़ता हुआ खड़ा हुआ। एक आदमी के लिए छुट्टी के दिन भी आराम से अखबार पढ़ पाना चीखती पत्नी और रोती माँ के कारण असंभव था।

विजय ने अपनी सारी ताकत से चिल्लाते हुआ रमा से लिपटकर इस कोलाहल को और बढ़ा दिया। रमा विजय को चुप कराने के लिए घुटनों के बल बैठी। अपने पुत्र को छाती से लगाते हुए उसने अशोक की तरफ देखा। वह बड़ा अजीब सा प्राणी है। उसने दबे स्वर में कहा, "दरवाजे पर एक हिजड़ा है, जो नौकरानी के रूप में काम करना चाहता है।" क्या सच? अशोक ने पूछा ऐसा भी तो हो सकता है, एक दूसरा विचार उसके मन में कौंधा पर चौकीदार ने इसे अंदर कैसे आने दिया? रमा प्राणी शब्द सुनकर कसमसाई पर इससे पहले कि वह अपना विरोध दर्ज करा पाती, सावित्री उसके और अपने बेटे के बीच आकर खड़ी हो गई। "क्या? हिजड़ा क्या होता है?" उसने पूछा।

अशोक ने रमा की ओर इस आशा से देखा कि वह उसे इस दुविधा से निकाले। "अम्माँ, हिजड़ा एक थिरू नानगई, एक अरावानी होता है", रमा ने तमिल में समझाया।

"अय्यो, शिवा, शिवा", सावित्री बुदबुदाई। उसने अपनी आँखें मूँदीं और आगे-पीछे, हिलते-डुलते हुए ऊपरवाले से इस राक्षसी घुसपैठ से मुक्ति दिलाने की प्रार्थना करने लगी।

"हमें क्या करना चाहिए?" रमा ने अपने पति से पूछा। "उसे

कुछ पैसे दे दो और जाने को कहो'', उसने कहा और कुढ़ते हुए जोड़ा, ''तुम उसे अपनी कोई पुरानी साड़ी भी दे सकती हो, आखिर यह त्योहार का मौका है।''

इस हल से कृतज्ञ होकर रमा शयनकक्ष में गई। कुछ ही पलों में वह एक बुरी तरह से घिसी हुई साड़ी और कुछ पैसे लेकर बाहर निकली तथा दरवाजे की ओर बढ़ी।

जैसे ही आगंतुक ने रमा को देखा, वह अपने को झाड़ते हुए खड़ी हो गई। वह रमा से एक फीट से भी ज्यादा लंबी थी। ''हम माफी चाहते हैं, हमें नौकरानी की जरूरत नहीं है। पर यह लो तुम्हारे लिए कुछ है···।'' रमा की आवाज धीमी पड़ती गई, जब वह साड़ी और रुपए देते हुए हिचकिचाई।

हिजड़े ने उन चीजों को देखा पर उन्हें लेने के लिए आगे नहीं बढ़ा। उसने याचनापूर्ण नजरों से रमा की ओर देखा और कहा, ''अम्माँ, क्या आपने पहले ही किसी को काम पर रख लिया है? चौकीदार ने कहा कि आपके घर पर कोई नौकरानी नहीं है, पर फिर भी वह मुझे अंदर नहीं आने दे रहा था। मैंने पहले विनती की और फिर उसे धमकाकर अंदर आई। मैं अपने व्यवहार के लिए क्षमा माँगती हूँ। हम लोगों की निगाहों में अपने लिए भय और घृणा देखते हैं। कई बार हम अपने पर काबू नहीं रख पाते हैं।'' उसने शांति से कहा।

''माफ करना अ···तुम्हारा नाम क्या है?'' रमा ने कुछ लज्जित होते हुए पूछा। वह हिजड़ा अपने पान से रंगे हुए दाँत दिखाते हुए मुसकराया। ''शुक्रिया अम्माँ बहुत वक्त बाद किसी ने मेरा नाम पूछा है। मेरा नाम संतोषी है। कृपया मुझे बताइए, क्या आपने किसी को काम पर रख लिया है?'' रमा झूठ नहीं बोल सकी, ''नहीं, अभी नहीं,'' ''लेकिन···अम्माँ'', संतोषी ने उसे रोका, ''मैं आपकी आँखों में एक कम दिखनेवाला पर जाना-पहचाना भाव देख रही हूँ, दया का। अम्माँ यदि मानव जाति के हमसे अधिक सौभाग्यशाली लोग हमेशा

हमें भय, घृणा या दया भाव से देखते रहेंगे तो हम हमेशा समाज के अँधियारों में दफन रहेंगे। हम भीख माँगते रहेंगे, जबरदस्ती उगाही करते रहेंगे या विक्षिप्त लोगों के सहवास की विकृतियों को पैसे के लिए पूरा करने को मजबूर होंगे। हमें आप जैसे लोगों का सहारा चाहिए, अम्माँ।''

''अरे, यह एक चुड़ैल है। इसे पक्का काला जादू आता होगा। वह तुम्हें अपने शब्दों से सम्मोहित कर रही है। सावधान रहो, रमा!'' सावित्री ने अपनी बहू के कानों में फुसफुसाया।

''नहीं पति'', संतोषी ने सावित्री को दादी के रूप में संबोधित करते हुए कहा ''मैं चुड़ैल नहीं हूँ। मैंने एक गरीब परिवार में लड़के के रूप में जन्म लिया था। जब मैं दो साल का था तो मेरे पिता की शराब के नशे में हुए झगड़े के दौरान मौत हो गई थी और जब मैं उसकी उम्र की थी'', उसने विजय की ओर देखते हुए कहा, ''तब कुछ बदमाशों ने मुझे उनके लिए भीख माँगने पर मजबूर कर दिया।'' उसकी आँखों से दुःखद घटना को कहते हुए दर्द साफ झलक रहा था। ''तब मैं संतोषी बन गया,'' उसने अचानक अपनी बात समाप्त करते हुए कहा।

''तुम कहाँ रहते हो?'' रमा ने पूछा। अचानक ही अपने हाथ में पकड़ी हुई साड़ी और पैसे पर लज्जित होते हुए।

''कोट्टुरपुरम पुल के नीचे बसी झुग्गी में'', उसने उत्तर दिया, ''हम में से कुछ यह सुनिश्चित करने की कोशिश कर रहे हैं कि झुग्गियों में रहनेवाले गरीब-अनाथ बच्चों का हश्र हमारे जैसा न हो। हम उन्हें अपने संरक्षण में लेते हैं। उन्हें खाना और अपनी सुरक्षा मुहैया कराते हैं। पर हमारे पास इस कार्य को लंबे वक्त तक जारी रखने के लिए पर्याप्त संसाधन नहीं हैं। हमें एक निश्चित आमदनी की आवश्यकता है और भीख माँगने से हमारे खर्चे पूरे नहीं होते हैं। कृपया हमारी मदद करें अम्माँ,'' संतोषी ने याचनापूर्वक अपने हाथों को जोड़ते हुए कहा।

फिर उसने सावित्री की ओर देखा और कहा, "क्या यह शर्मनाक नहीं है पति, एक तरफ तो हमें शुभ मानकर एक बच्चे के जन्म पर जश्न मनाने के लिए बुलाया जाता है, पर दूसरी ओर हमें क्रूरतापूर्वक समाज की परिधि से बाहर फेंक दिया जाता है, उस गलती के लिए, जो हमने की ही नहीं।"

"बहुत हुआ!" सावित्री ने कहा। उसने रमा का हाथ पकड़ा और उसे घसीटते हुए अंदर ले गई, "क्या तुम पागल हो? तुम इस प्राणी से इतनी देर तक क्यों बात कर रही हो, जबकि घर में इतना काम पड़ा है करने को? हमें पूजा की तैयारियाँ भी पूरी करनी हैं। अशोक! तुम ही इसें समझाओ।" रमा के अंदर से झगड़े की इच्छा जैसे समाप्त हो गई थी, उसने धीरे से सावित्री की पकड़ से अपना हाथ छुड़ाया और अपने पति की ओर देखा, "क्या हम उसे एक मौका दे सकते हैं, अशोक?"

"रमा, कृपया अपनी बुद्धि का इस्तेमाल करो। अपने दिमाग से सोचो, दिल से नहीं", अशोक ने कहा, "हम अपने तीन साल के बच्चे को कैसे इस प्राणी के साथ छोड़ सकते हैं? हमें नहीं पता कि इसके मन में क्या है। इसे किसी एजेंसी ने तो भेजा नहीं है, जिसके पास हम कुछ गलत होने पर शिकायत लेकर जा सकें, बहुत सारी अफवाहें ऐसी भी हैं कि बच्चों का अपहरण करनेवाले बहुत से गैंग शहर में सक्रिय हैं, जो फिरौती के लिए छोटे बच्चों का अपहरण करते हैं, कई बार बच्चों का अंजाम बहुत बुरा होता है। और सोचो कि समाज क्या कहेगा? हम कैसे इसे नौकरी पर रखने को अपने मित्रों और रिश्तेदारों के सामने सही ठहरा पाएँगे? मैं इसके पक्ष में नहीं हूँ," उसने उखड़ी हुई साँसों के साथ अपनी बात समाप्त करते हुए कहा।

"अशोक, कृपया उसे प्राणी न कहो। क्या वे घरेलू नौकर, जिन्हें हम सामान्य मानवों की श्रेणी में रखते हैं, जुर्म नहीं करते? मुझे नहीं समझ में आता कि कैसे उसे काम पर रखने से हमारा कोई नुकसान होगा? इसलिए मैं यह सोचना शुरू भी नहीं कर सकती कि कैसे हमारे

इस निर्णय का असर हमारे मित्रों, परिवार अथवा समाज पर पड़ेगा? पर यदि हम जैसे पढ़े-लिखे लोग ही इन लोगों को मुख्यधारा में लाने के लिए पहला कदम नहीं उठाएँगे, तो कौन उठाएगा? साथ ही मैं बिल्कुल उतावली हूँ। मैं यदि घर पर रही तो मेरी नौकरी चली जाएगी और तुम भी छुट्टी नहीं ले सकते हो। हाँ, हमें यह नहीं पता है कि विजय उसे देखकर कैसा व्यवहार करेगा···।'' रमा की आवाज टूटी, जैसे ही उसने आस-पास देखा विजय कहाँ है? सभी ने मुख्य द्वार की ओर देखा, वह खुला हुआ था और धीरे-धीरे हिल रहा था। विजय कहीं नजर नहीं आ रहा था।

''विजय!'' रमा चिल्लाते हुए बाहर भागी। दरवाजे के बाहर कोई नहीं था। न विजय, न संतोषी। सावित्री बरामदे की दीवार के सहारे धम्म से गिर पड़ी और रोने लगी, ''हे भगवान्! हे भगवान्, मैंने तुमसे कहा था रमा, तुमने ऐसा क्यों किया?'' पर रमा सुन नहीं रही थी। वह दरवाजे के पास जड़वत् खड़ी रही।

अशोक ने मेज से अपना फोन उठाया, घर की चाबियों पर झपट्टा मारा और चिल्लाते हुए आदेश देता हुआ बाहर निकल गया, ''अम्माँ घर पर ही रहना और फोन का इंतजार करना। यदि दरवाजे पर घंटी बजती है तो दरवाजा खोलने से पहले कड़ी लगाना मत भूलना।'' उसने रमा को मूर्च्छा से झकझोरा, ''तुम लिफ्ट से जाओ, मैं सीढ़ियों से जा रहा हूँ।'' फिर वह तेजी से दो सीढ़ियाँ एक साथ पार करता हुआ नीचे की ओर भागा।

रमा काँपते हुए लिफ्ट पर चढ़ी। उसकी लिफ्ट में सात मंजिल की यात्रा मानो समाप्त होने का नाम ही नहीं ले रही थी। उसका कलेजा मुँह को आ रहा था। उसने लड़खड़ाते हुए लॉबी में कदम रखा। कुछ ही क्षणों में अशोक भी हाँफते हुए पहुँच गया। उसका हाथ पकड़कर वह बिल्डिंग से बाहर की ओर भागा।

उसका सबसे बड़ा डर सच हो गया था। न ही कोई अहाते में था

और न ही पार्क में। बच्चों के पार्क में एक झूला हवा के झोंकों से अलसाया हुआ सा हिल–डुल रहा था। मुख्य द्वार पर कोई नहीं था।

''इन सुरक्षाकर्मियों का बुरा हो! चौकीदार! चौकीदार!'' अशोक रमा के साथ द्वार की तरफ भागते हुए चिल्लाया। अंततः उसने सुरक्षाकर्मी बहादुर को देखा और चीखा, ''क्या तुमने विजय को एक महिला के साथ अहाते से बाहर जाते हुए देखा है, जो अभी कुछ ही देर पहले जबरदस्ती अंदर घुस आई थी?'' ''नहीं साहब'', उसने उत्तर दिया। ''चलो दूसरे द्वार की ओर चलते हैं।'' अशोक ने कहा और दौड़ता हुआ अपार्टमेंट के पीछे के द्वार की ओर जाने लगा। रमा पर बेहोशी छाने लगी, जब उसने भी अशोक की ही गति से भागने की कोशिश की। अचानक उसने बिल्डिंग के प्रवेश द्वार पर कुछ हलचल होते हुए देखी तो वह चिल्लाते हुए उस तरफ भागी, ''अशोक, वापस आओ!''

संतोषी सीढ़ियों के नीचे विजय को अपनी छाती से चिपकाए हुए बैठी थी। जब उसने उन्हें अपनी ओर आते हुए देखा तो वह उठकर खड़ी हो गई।

''तुम्हारी हिम्मत कैसे हुई?'' रमा चिल्लाई और विजय को खींचने की कोशिश की। उसे यह देखकर आश्चर्य हुआ कि विजय की दोनों बाँहें संतोषी के गले को जकड़े हुई थीं और वह उसे छोड़ने को तैयार नहीं था।

संतोषी ने बताया, ''अम्माँ, मैं बाहर बैठी इंतजार कर रही थी, तभी आपका लड़का दौड़ते हुए बाहर आया और सीधे लिफ्ट में घुस गया। इससे पहले कि मैं उसे रोक पाती, लिफ्ट के दरवाजे बंद हो गए और वह नीचे जाने लगी। मैंने सीढ़ियों से लिफ्ट का पीछा किया। मैंने लॉबी में आपके लड़के को पकड़ा और वापस आपके घर की ओर चली गई। मैंने घंटी बजाई, लेकिन पति ने दरवाजा खोलने से मना कर दिया, मुझे माफ कर दीजिए।''

अशोक को यह अहसास हुआ कि जब वह और रमा नीचे जा

रहे थे, तब शायद दूसरी लिफ्ट से संतोषी विजय को लेकर ऊपर आ रही थी। पर इस कहानी के बारे में कुछ तो अटपटा था।

"तुमने दूसरी लिफ्ट से नीचे जाकर विजय को खोजने की कोशिश क्यों नहीं की?" उसने सवाल किया, "और तुमने हमें क्यों नहीं बताया?"

संतोषी ने उसे अविश्वास भरी नजरों से देखा, "साहब मैं डर गई थी कि कहीं वह बच्चा किसी दूसरी मंजिल पर न उतर जाए और सीढ़ियों से गिरकर चोटिल न हो जाए। मैं उस वक्त सही और उचित के बारे में नहीं सोच रही थी। यह तो अच्छा हुआ कि लिफ्ट सीधे नीचे जाकर रुकी।"

अशोक लज्जित हुआ, उसने रमा की ओर देखा और असहज ढंग से मुसकराया "मुझे लगता है तुम्हें अपनी नौकरानी मिल गई", उसने कहा, "चलो, सभी ऊपर चलें। घर पर अभी भी काम का पहाड़ पड़ा है।"

रमा संतोषी की ओर मुड़ी और कहा, "शुक्रिया, क्या तुम ऊपर आओगी, ताकि हम तुम्हारे काम करने की शर्तों को तय कर लें।" संतोषी ने कोमल स्वर में विजय के कान में फुसफुसाया, वह हँसा और अपनी बाँहें फैला दीं। रमा ने विजय को अपनी बाँहों में उठाया और उसे कसकर जकड़ लिया। उसकी आँखें डबडबा आई थीं। जैसे ही वे लिफ्ट में घुसे, अशोक ने दबी आवाज में अपनी पत्नी से पूछा, "विजय संतोषी से इतनी आसानी से कैसे घुल-मिल गया? वह तो बहुत भारी-भरकम और डरावनी दिखती है।"

रमा ने जवाब दिया, "बच्चे सरल और विश्वास करनेवाले होते हैं। जैसे-जैसे हम बड़े होते जाते हैं, शंकालु होते जाते हैं और किसी के भी ऊपर विश्वास करना हमारे लिए कठिन होता जाता है।" फिर वह मुसकराई, "या शायद विजय ने अपनी नई और मजबूत चाची को रक्षक के रूप में देखा। उसे पता था कि मैं उससे घर के बाहर भागने को लेकर नाराज होऊँगी।"

अशोक हँसा। संतोषी आदरपूर्वक उनसे कुछ दूरी बनाकर उनके पीछे खड़ी रही। जब लिफ्ट आई और परिवार ने अंदर कदम रखा, तब संतोषी ने रमा को कहते हुए सुना "और प्यारे, सर्वश्रेष्ठ निर्णय दिल से लिये जाते हैं, दिमाग से नहीं। तुम्हें क्या लगता है कि यदि मैं दिमाग का इस्तेमाल करती तो तुमसे शादी को राजी होती?"

□

एक लाल गुलाब

—सौरभ कुमार

मेरे दादा एक हँसमुख स्वभाव के व्यक्ति थे, जिन्हें अपने परिवार के साथ रहने से ज्यादा कुछ भी पसंद नहीं था। जब मैं छोटा था, वे जब भी घर आते थे, तब मेरे और मेरी बहन के लिए अपने साथ पेड़े और रसगुल्ले जरूर लाते। उनको खाने के बाद हम टहलते हुए पास की पुस्तकों की दुकान तक जाते थे, जहाँ मेरी बहन नैंसी ड्र्यू के नए कारनामों की पुस्तक खरीदती। मुझे आर्चीज पढ़ना पसंद था पर मजबूरन रामायण की चित्रकथाएँ खरीदनी पड़ती थीं, क्योंकि दादाजी यही चाहते थे। धीरे-धीरे मैं इन पुस्तकों से प्यार करने लगा और इन्हें सहेजकर रखने लगा।

दादाजी ने मुझे कड़ी मेहनत और अपना सर्वश्रेष्ठ देने की महत्ता सिखाई। कोशिश करनेवालों की कभी हार नहीं होती, वे कहा करते थे। वे हमेशा जीवन के प्रति सकारात्मक रवैया रखते थे। उनके मुँह से कभी भी कोई कटु शब्द नहीं निकलता था। सही पूछा जाए तो वे मेरी दादी के बिल्कुल विपरीत स्वभाव के थे। मेरी दादी हमेशा नाखुश रहती थीं और अपने आस-पास के लोगों को नाखुश रखती थीं।

दस साल पहले दादाजी की याददाश्त जाने लगी। पहले तो हमने इसे बढ़ती उम्र से संबंधित समस्या समझकर अनदेखा किया, पर धीरे-धीरे यह समस्या बढ़ती चली गई। वे किसी काम से बाहर जाते तो घर

आने का रास्ता भूल जाते थे। एक ही सवाल बार-बार पूछते थे। और-तो-और, वे अपने पिताजी के बारे में भी पूछते, जिन्हें गुजरे वर्षों बीत चुके थे, ''कहाँ हैं वे? कुछ मिनट पहले तो यहीं थे।''

फिर भी हम इस समस्या की गंभीरता को पहचान नहीं पाए, जैसाकि ज्यादातर परिवारों में होता है, हम सभी अपनी-अपनी जिंदगी में व्यस्त थे। अंततः एक समय ऐसा भी आया, जब दादाजी की समस्या को अनदेखा नहीं किया जा सकता था। हम उन्हें डॉक्टर के पास ले गए। उसने हमें बताया कि दादाजी अल्जाइमर नाम की बीमारी के शिकार थे। हम सभी हतप्रभ थे। हमारे परिवार में कभी किसी को भी ऐसी बीमारी नहीं हुई थी। साथ ही यह एक ऐसी बीमारी थी, जिसका इलाज चिकित्सा विज्ञान अभी तक खोज नहीं पाया था!

मुझे विश्वास नहीं हो रहा था। एक व्यक्ति, जो शारीरिक रूप से स्वस्थ था, रोज योग करता था, प्रतिदिन टहलने जाता था और नियमित रूप से स्वास्थ्य परीक्षण कराता था! इतनी गंभीर बीमारी से कैसे ग्रसित हो सकता था? उनके साथ ऐसा होना वैसा ही था कि मानो कोई दुस्स्वप्न सच हो गया हो!

मेरी कम पढ़ी-लिखी दादी ने इस बात पर ज्यादा तवज्जो नहीं दी। ''वे केवल थोड़े तनाव में हैं, उन्हें सिर्फ थोड़े आराम की जरूरत है,'' वे बार-बार यही दोहराती रहती थीं।

मुझे अपनी माँ को देखकर बुरा लगता था। वे पहले ही अपने निरंतर ध्यान देने की अपेक्षा रखनेवाले पति और स्कूल को छोड़कर हर जगह जानेवाली बेटी से त्रस्त थीं। फिर मैं था, जो गणित से पार नहीं पा रहा था। मैंने मदद करने का प्रण किया और दादाजी के पास ज्यादा जाने लगा, क्योंकि आज भी मुझे उनके साथ मजा आता था। हालाँकि इसका मतलब था, एक ही बात को बार-बार सुनना। पर यह भी एक तरह से मजेदार था। वे लाहौर में अपने कॉलेज के दिनों के बारे में बातें करते थे, वहाँ के अपने दोस्तों के बारे में बताते थे। वे अपने घर के बारे में

बताते थे, जहाँ वे पले-बढ़े थे। वे अपने पड़ोसियों के बारे में बताते थे, जिनमें वे बड़े गर्व से देवानंद का नाम शुमार करते थे।

पर मेरी दादी ने इस बदले हुए माहौल को अपनाने से इनकार कर दिया था। वे दादाजी से झगड़ती थीं और दूसरों के सामने उनकी बुराई करती थीं। ऐसे कई मौके आए, जब मैं और दादाजी साथ बैठे होते और वे आकर मुझसे कहतीं, "तुम इन्हें किसी रिजोर्ट में क्यों नहीं ले जाते? ताजी हवा से इनकी समस्या दूर हो जाएगी। यहाँ सारा दिन जिंदा लाश की तरह बैठे ही तो रहते हैं।" जाहिर था कि दादाजी कई बार इन तानों से दुःखी हो जाते थे। वे चुपचाप उठकर अपने कमरे में चले जाते थे, जबकि मैं दादी को समझाने की कोशिश करता। मैं उनसे समस्या से शांति से निपटने का आग्रह करता था। स्थिति इससे भी ज्यादा खराब हो सकती थी। उन्हें कैंसर या लकवा भी हो सकता था। हमें सकारात्मक सोच रखते हुए ईश्वर का धन्यवाद करना चाहिए था।

कुछ हफ्तों बाद मेरी माँ को एक फोन आया। कुछ अनिष्ट हो गया था, उन्होंने बताया। हम तुरंत अपने दादा-दादी के घर पहुँचे। दक्षिण मुंबई के उस घर में अपनी दादी को सोफे पर अपने चोटिल पैर को पकड़े रोते हुए पाया। दादाजी ने उनपर हमला कर दिया था, उन्होंने बताया। हिंसा के दौरे अल्जाइमर के रोगियों में सामान्य थे, पर हमारे लिए इस प्रकार का यह पहला अनुभव था। कुछ कड़ा फैसला लेना आवश्यक हो गया था, इसलिए हमने कई वृद्धाश्रमों का रुख किया, पर निराशा ही हाथ लगी, क्योंकि वे मानसिक रोगियों को नहीं रखते थे। दुःखद बात यह थी कि पूरे मुंबई में एक भी ऐसी संस्था नहीं थी, जो इस प्रकार के रोगों से जूझ रहे लोगों की देखभाल करती हो।

काफी सोच-विचार के बाद मेरे माता-पिता ने यह निर्णय लिया कि दादाजी और दादी को हम अपने घर बुला लें। हमने अपने घर की पहली मंजिल को किराए पर उठा रखा था, पर अब उनके इसमें आकर रहने का समय आ गया था। यह न केवल हमें शहर के बाहर से दक्षिण

मुंबई आने-जाने से होनेवाली दिक्कतों से निजात दिलाएगा, बल्कि उनकी निगरानी और देखभाल को भी काफी सरल बना देगा।

पर दादी घर नहीं बदलना चाहती थीं, उन्होंने अपनी जिंदगी का ज्यादातर हिस्सा उसी घर में बिताया था और वे अपने प्रिय गुलाबों के बाग को भी नहीं छोड़ना चाहती थीं। सच कहा जाए तो वह बगीचा वास्तव में दर्शनीय था। इसमें मीठी खुशबूवाले पीले, सफेद और लाल गुलाब के फूल खिलते थे। इन सब में मेरा पसंदीदा था लाल गुलाब? मैं उनमें से कुछ गुलाब तोड़कर घर ले जाना चाहता था, पर हाय री किस्मत! हर बार जब मैं ऐसा करने की कोशिश करता तो पकड़ा जाता और खूब खरी-खोटी सुननी पड़ती।

इसलिए हमने उन्हें आश्वस्त किया कि बागीचे की उचित देखभाल की जाएगी।

पर फिर उन्होंने एक नया मुद्दा खड़ा कर दिया सर्वप्रमुख किट्टी पार्टी, उनकी हमउम्र महिलाओं का जमावड़ा, जिसमें हफ्ते में एक बार उनका शामिल होना जरूरी था। मैंने उनकी अनुपस्थिति में दादाजी की देखभाल का जिम्मा उठाया। अंततः एक दर्जन और बहानों के बाद, जिनको कि स्वीकार नहीं किया गया, वे मान गईं।

कुछ ही दिनों में वे हमारे यहाँ रहने आ गए। उनके आने की पहली रात कोई नहीं सोया। सभी चौकन्ने थे और अपने फोन को अपने पास रखे हुए थे। जब माँ चाय लेकर अगली सुबह उनके पास गईं तो उनका स्वागत थकी हुई दिखनेवाली दादी और चहकते हुए दादाजी ने किया।

''हे भगवान्, आपकी हालत तो बहुत खराब लग रही है'', मेरी माँ ने दादी से कहा। ''ऐसा इसलिए, क्योंकि रात भर मैं एक झपकी भी नहीं ले पाई हूँ'', दादी का जवाब आया। उनकी नजरें ऐसा आभास करा रही थीं, जैसे किसी कुत्ते से उसकी हड्डी छीन ली गई हो। तुम्हारे पिताजी ने रात भर मुझे जगाए रखा। वे रसोई में खाना ढूँढ़ रहे थे और

इस दौरान बरतन गिराकर शोर मचा रहे थे। जब मैं दौड़कर देखने गई और उन्हें रोकने की कोशिश की तो उन्होंने मुझे थप्पड़ मारने की धमकी दी।''

''ओह मेरे भगवान्'', माँ ने कहा, उनकी आँखें और मुँह खुले थे।

''तब वे चले गए और शायद सो गए। बाद में जब मेरी आँख खुली तो मुझे लगा कोई मेरे ऊपर बैठा हुआ है'', दादी ने कहना जारी रखा।

''क्या बिल्ली थी?''

''नहीं, तुम्हारे पिताजी थे। उन्होंने गलती से मुझे तकिया समझ लिया था'',

तभी माँ ने कोने में पड़े पीले दागवाले कपड़े देखे। ''वह क्या है?'' उन्होंने पूछा।

''उन्होंने अपने पाजामे में पेशाब करके उसे भिगो दिया है।''

माँ ने अपनी हथेलियों से अपना चेहरा छुपा लिया, फिर विवशतापूर्ण भाव से अपने हाथ ऊपर हवा में फैला दिए। तीन और दिन इसी तरह निकल गए।

चौथे दिन हालात में कुछ सुधार हुआ। उस पूरी रात दादाजी आराम से सोए।

पर तब तक दादी अपना संयम खो चुकी थीं। उन्होंने अपना सामान बाँधा और अपने दक्षिण मुंबईवाले घर जाने को तैयार हो गईं। हमने उन्हें मनाने की बहुत कोशिश की पर सब बेकार गया। वे आखिरकार चली ही गईं।

जैसे-जैसे दिन बीतते गए, दादाजी के प्रति मेरा लगाव बढ़ता ही गया। मैंने शाम को दोस्तों के साथ क्रिकेट खेलना छोड़कर उन्हें घुमाने ले जाना शुरू कर दिया। हम हाथ पकड़कर बिल्डिंग के चारों तरफ चक्कर लगाते थे। यह दु:खद था कि वे पुन: बच्चा बनते जा रहे थे? पर हम दोनों एक ही जैसे हो गए थे। टहलने के बाद हम रोज अपनी

पसंदीदा कुल्फी खाते और एक-दूसरे को देखकर मुसकराते थे।

कुछ महीनों बाद एक और दुःखद घटना घटित हुई। दादी अपनी बहन से मिलने खंडाला जा रही थीं और मेरे माता-पिता भी शहर से बाहर गए हुए थे। चूँकि मुझे दादाजी और उनके घर की देखभाल करनी थी, मैंने अपने म्यूजिक सिस्टम को बजाने का निर्णय किया। मैं वही हेमंत कुमार के दो गाने बजाता था, जो दादाजी को याद थे। जब मैं कमरे में दाखिल हुआ तो देखा कि दादाजी ऑफिस के उस कर्मचारी के साथ यांत्रिक बातचीत में लगे हुए थे, जो हमारे घर के भी कुछ छोटे-मोटे काम-काज कर दिया करता था। उसे दादाजी की स्थिति के बारे में पता था पर लगातार बहुत पहले ही स्वर्ग सिधार चुके साथी व्यापारियों के बारे में कुछ ही सवालों के बार-बार जवाब देकर उसने अपने धैर्य की आखिरी सीमा को भी छू लिया था। जैसे ही उसने मुझे देखा, उसने बाकी के बचे हुए दिन की छुट्टी माँग ली। मैंने उसकी माँग पर विचार किया और मान गया। मुझे विश्वास था कि मैं अकेले दादाजी की देख-भाल कर लूँगा।

दोपहर तक नौकरानी ने काम खत्म किया और अपने घर चली गई। लगभग साढ़े तीन बज रहे थे। मैं दोपहर में सोता नहीं हूँ, पर दादाजी सोना चाह रहे थे। दादाजी धीरे-धीरे अपने शयन कक्ष में मुझे अकेला छोड़कर चले गए।

टीवी देखने का मतलब उन्हें परेशान करना होता, इसलिए मैंने अपने साथ लाए उपन्यास को पढ़ने का निर्णय लिया। वह पुस्तक इतनी उबाऊ थी कि मैं पंद्रह मिनट में खर्राटे भरने लग गया।

अचानक दादाजी ने मुझे जगाया, ''तुम कौन हो?'' उन्होंने पूछा।

''मैं आपका पोता हूँ सौरभ'', उनके चेहरे का गुस्सा देखकर बौखलाया सा उत्तर दिया।

''सौरभ कौन है?''

''आपका पोता।''

''मेरा कोई पोता नहीं है। बाहर निकलो!'' वे गुस्से में चिल्लाए।

''पर मुझे यहाँ रहकर आपकी देखभाल करनी है।''

''मैंने कहा, बाहर निकलो।''

'नहीं शांत हो जाइए, दादाजी।'

उन्होंने अपनी आस्तीन ऊपर चढ़ाईं और गुर्राते हुए मेरी तरफ बढ़े, ''मुझे कुछ ऐसा करने पर मजबूर मत करो जिससे मुझे बाद में पछतावा हो।''

''कृपया बैठ जाइए।'' मैंने पूरी ताकत से चीखकर कहा।

मेरी अप्रत्याशित प्रतिक्रिया से वे घबरा गए और अपने कमरे की ओर चले गए।

मैं पशोपेश में था। वे चाहते थे कि मैं वहाँ से चला जाऊँ; पर मैं उन्हें अकेला नहीं छोड़ सकता था। मुझे डर था कि कहीं वे भटकते हुए बाहर न चले जाएँ और रास्ता भूल जाएँ या फिर सड़क पार करते हुए किसी गाड़ी द्वारा रौंद न दिए जाएँ!

बदहवास मैंने दादी को फोन लगाया, लेकिन उनका फोन नहीं मिला। जल्दी ही दादाजी फिर मेरे कमरे में आ गए और मैं डर के कारण मानो जड़ सा हो गया।

''तुम अभी तक गए क्यों नहीं? मैं यहाँ का मालिक हूँ, बाहर निकलो।''

इससे पहले कि मैं जवाब दे पाता, धड़ाक एक तेज प्रहार और मैं लड़खड़ाकर गिर पड़ा। उनका वार मेरी बाईं आँख के पास से होकर गुजरा। एक बार फिर वे अपने कमरे में चले गए और दरवाजा बंद कर लिया।

मैं सोफे पर बैठकर अपना गाल सहलाते हुए इस घटना के बेतुकेपन पर विचार कर रहा था। पाँच मिनट हो गए। दरवाजा खुला और दादाजी अपने हाथों को पीछे किए हुए बाहर आए। उन्होंने मुझे बैठे हुए देखा। उनके चेहरे पर कठोर भाव था। इस बार मैं तैयार था उनके हमले से

बचने के लिए या भागने के लिए भी। उनसे लड़ने और उनको नुकसान पहुँचाने का तो मेरा कोई इरादा भी नहीं था।

दादाजी मेरे पास आए और मुझसे चंद कदमों की दूरी पर खड़े हो गए। उनके हाथ अभी भी पीछे थे।

तभी उन्होंने अपना दाहिना हाथ आगे बढ़ाया, मेरे गाल को सहलाया और मेरे आँसू पोंछे। फिर पीछे से अपना बायाँ हाथ आगे लाए और मुझे एक खूबसूरत लाल गुलाब भेंट किया।

□

ढाका की लड़की

—दृष्टि दासगुप्ता

सन् 1947 की गरमी अपने अंतिम पड़ाव पर थी और ढाका के ज्यादातर साफ आकाश पर उस दोपहर नारंगी और गुलाबी रंग की छटा छाई हुई थी। हवा गर्जना करती हुई खजूर के पेड़ों को तेजी से झूमने पर मजबूर कर रही थी और रेत को उड़ाकर अनजान मंजिलों पर ले जा रही थी। जवान पेड़ों से सूखी पत्तियाँ हाथ छुड़ाकर हवा के साथ बहकर दूर उड़ती हुई रेत में अपना ठिकाना तलाश रही थीं, जबकि धूल भरी शाखाओं पर बैठी चिड़ियाँ प्रसन्न भाव से चहचहा रही थीं।

बारिश दूर-दूर तक नहीं थी। तपानेवाली गरमी उस साल थोड़ा ज्यादा लंबी खिंच गई थी और अब इसकी विदाई तथा मानसून का स्वागत करने का समय आ गया था।

यादों के बारे में एक बात यह है कि कई बार आप माजी के लम्हों से जुड़ी भावनाओं को भी याद रखते हैं। मुझे वह दिन याद है। मुझे ऐसा लग रहा था मानो यह मानसून हमारे जीवन में नए प्रारब्ध का सूचक बनकर आया है। मुझे यह नहीं पता था कि क्या होनेवाला है, लेकिन मैं यह जानता था कि जो भी होनेवाला था, वह कुछ कीमती ही था।

मोटी लकड़ी के डंडे ने घंटे पर प्रहार करते हुए स्कूल समाप्ति की घोषणा की और कक्षा चार की चौदह बच्चियाँ खड़ी हुईं, अपनी काली स्लेट और सफेद चॉक उठाई और टूटे हुए ईंटों से बने स्कूल से असीमित

आसमान के नीचे खुली जमीन पर दौड़ पड़ीं।

मैं भी बाहर निकली, क्योंकि हवा खुशगवार थी और पवित्र भी।

"मीरा।" मैंने किसी को पुकारते हुए सुना।

मैं पलटी, "क्या?"

"मुझे लगता है शायद बारिश आनेवाली है", मौनी ने कहा, "क्या तुम पास के पुकुर में जाकर मछली पकड़ना चाहती हो?"

"आज रात को खाने में मछली का मजा ही कुछ और होगा", मैंने खींसे निपोरते हुए कहा।

"वाह!" मौनी खुशी से चहकी और हम फुदकते हुए स्कूल के पीछे के बड़े तालाब की ओर बढ़ चले। जब तक मैं और मौनी वहाँ पहुँचे, बारिश शुरू हो चुकी थी। हमने अपनी सूती ओढ़नी उतारी और उनमें गाँठ लगाकर एक झोला सा बनाकर उन्हें पानी में फेंक दिया। फिर हमने उसे धीरे-धीरे पानी की सतह के नीचे फिराना शुरू किया। यह एक साधारण और कुशल जाल था, लेकिन इसके इस्तेमाल में धैर्य की बड़ी आवश्यकता थी और मछलियों का तेजी से इधर से उधर जाना, यह काम बारिश ने कर दिया था।

काफी समय के बाद, मैंने अपने जाल में कुछ फँसा देखा। मैंने कपड़े को पानी से बाहर निकाला तो उसमें एक छोटी सी रोहू मछली फँसी हुई थी। मैं खुशी से उछल पड़ी, पर मौनी ने बुरा सा मुँह बनाया, क्योंकि किस्मत ने अभी तक उसका साथ नहीं दिया था।

एक घंटे से भी ज्यादा समय के बाद मेरी ओढ़नी में दो मछलियाँ थीं, जबकि मौनी की ओढ़नी में केवल एक। पर हम खुश थे, क्योंकि उस शाम हम स्वादिष्ट भोजन करनेवाले थे। सात जनों के मेरे परिवार में यह टुकड़े बाँटने जैसा ही होगा, पर फिर भी उस छोटे से टुकड़े मात्र को पाने का खयाल ही मुझे खुशी और संतुष्टि दे रहा था।

दोपहर खत्म होने को थी, बादलों के पीछे से आनेवाली किरणों की दिशा हमें यह बता रही थी। हमने अपने घर की यात्रा शुरू की। हमारे

हाथों में मछलियों के छोटे गट्ठर थे। कुछ दूर साथ चलने के बाद हमारे रास्ते जुदा हो गए और हम अलग-अलग गलियों में प्रवेश कर गए।

मौनी और मैं न केवल स्कूल के मित्र थे, बल्कि हमारी घरेलू मित्रता भी थी। हम दोनों के पिता एक ही अंग्रेजी व्यापार कंपनी में वस्तुओं के आयात-निर्यात के संरक्षक के रूप में कार्य करते थे। उन्हें साधारण तनख्वाह मिलती थी जोकि किसी तरह उनके बड़े परिवार का भरण-पोषण कर पाती थीं। अंग्रेजी कंपनियाँ धीरे-धीरे देश से अपना व्यापार समेट रही थी और हम बमुश्किल ही अपना गुजारा कर पा रहे थे। खाने के लिए मछलियाँ खरीदना हमारे लिए किसी सपने जैसा ही था।

उछलते-कूदते मैं अपने रास्ते पर बढ़ चली। बारिश में भीगते हुए, कीचड़ से भरी सड़क पर कंकड़ों को ठोकर मारते हुए, जाननेवालों को देखकर हाथ हिलाते हुए और यह सोचते हुए कि मछली को देखकर मेरी माँ और चार छोटे भाई कितना खुश होंगे! मैं यह भी जानती थी कि भोजन को करते समय माँ हमें यह भी बताएँगी कि मछली खाने से उनका पेट खराब हो जाता है, ताकि हम उनके पाँच बच्चे, उनके हिस्से में से थोड़ा और बाँट लें। लेकिन इस बार मैं उन्हें ऐसा करने नहीं दूँगी, क्योंकि मातृत्व किसी की इच्छाओं की बाल्टी को दूर नहीं कर देता है, सिर्फ उन्हें दफना देता है।

जैसे ही मैं घर के करीब पहुँची, मेरा उत्साह देखा जा सकता था। मैं बेताबी से अपने परिवार की आँखों की खुशी की चमक को देखना चाहती थी। मुझसे इंतजार नहीं हो रहा था।

जब मैं अपने घर से सिर्फ एक गली दूर थी, तभी मेरी निगाह मेरी दाहिनी तरफ खड़े बरगद के एक बड़े पेड़ पर पड़ी। मैंने एक अधेड़ उम्र के आदमी को उस पेड़ के नीचे बैठे देखा। उसने अपने घुटने मोड़कर सीने से लगाकर अपने हाथों से जकड़ रखा था। उसका सिर झुका हुआ था और शरीर लगातार काँप रहा था। उसने एक धूमिल नीले रंग की सलवार-कमीज पहनी हुई थी, जोकि गंदगी के धब्बों से पटी

पड़ी थी और उसके सिर पर एक गोलाकार टोपी थी।

मैं एक पल को ठहरी और उसकी तरफ नजर घुमाई। मुझे पता लगा कि वह व्यक्ति धीरे-धीरे सुबक रहा था। वह लुटा-पिटा लग रहा था। उसका करुण रुदन दयनीय था। हर बार जब वह अपनी सिसकियों के बीच साँस लेता था, तब मेरा दिल डूबने लगता था। वह दु:ख, वह पीड़ा उसके आँसुओं में साफ दिख रहे थे, जिन्हें बारिश तुरंत धोकर बहा ले जा रही थी।

मैं अपने आपको रोक नहीं पाई और बिना इस बात का अहसास किए हुए कि मैं क्या करने जा रही हूँ, मैं उसकी तरफ बढ़ने लगी। पहले मुझे लगा कि कहीं यह उन अपहरणकर्ताओं में से तो नहीं, जिनके बारे में मेरी माँ ने मुझे आगाह किया था। परंतु मेरे अंतर्मन में से एक आवाज आ रही थी, मेरी आत्मा यह मानने को तैयार नहीं थी कि वह करुण क्रंदन झूठा या बनावटी था। वह उतना ही सच्चा और पवित्र था, जितना धरती और आकाश के बीच का प्रेम।

"काकू, क्या हुआ?" मैंने धीरे से उसकी ओर बढ़ते हुए पूछा।

उसने मेरी ओर देखा, उसकी लंबी दाढ़ी वक्त के साथ सफेद हो चुकी थी।

अपने बाजुओं से अपने आँसू पोंछते हुए उसने कहा, "नहीं, माँ, कुछ नहीं!"

"फिर आप रो क्यों रहे हैं?" मैंने जोर देकर पूछा।

उसने एक पल रुककर अपनी साँसों को काबू किया और मैंने मासूमियत से सीधे उसकी आँखों में देखा।

अपने सूती झोले में से काँच की चूड़ियों के कुछ गुच्छे निकालते हुए उसने कहा, "मैं पिछले तीन दिनों में इनमें से एक भी नहीं बेच पाया हूँ।"

वह रुका और फिर बोला, "उपद्रव शुरू हो चुका है, हम अब एक देश नहीं रह जाएँगे। जब लोग अपनी जान बचाने में लगे रहेंगे तो

फिर मेरी चूड़ियाँ कौन खरीदेगा?''

मैं उस दिन उसकी बातों का अर्थ नहीं समझ पाई थी। मैं सिर्फ वहाँ खड़ी उसके दर्द का कारण समझने की चेष्टा करती रही। मैं एक ही कारण समझ सकी, चूड़ियाँ, जो बिकी नहीं थीं।

''मैंने एक भी पैसा नहीं कमाया है और मेरे परिवार ने कई दिनों से खाना नहीं खाया है। रमजान के इस महीने में हमें ऐसा करने की शक्ति प्रदान की है'', उसने कहा और उसकी आँखों से एक आँसू झलक गया। ''पर कल ईद है और मेरे पास आज भी उनके खाने के लिए कुछ भी नहीं है।''

''कल ईद है?'' मैंने सहानुभूतिपूर्वक पूछा। उसने विषाद में अपना सिर हिलाया।

मैंने कुछ देर सोचा और कहा, ''यदि मैं आपको ईदी दूँ तो क्या आप स्वीकार करेंगे?''

उसने आश्चर्य से मेरी तरफ देखा। उसने सोचा कि एक आठ साल की लड़की उसे क्या देगी?

कृपया?

उसने संकोचपूर्वक सिर हिलाया।

मैंने अपने हाथों से मछली का गट्ठर निकाला और उसकी ओर बढ़ाया।

''दो रोहू मछलियाँ, मेरे पास यही हैं।''

दोनों हाथों से ईदी लेते हुए उसकी आँखें छलछला आईं। वह अपनी सिसकियाँ रोक नहीं पा रहा था। उसके वे आँसू न केवल उसके अपने परिवार के भरण-पोषण में असमर्थ रहने से उपजी आत्मग्लानि के द्योतक थे, अपितु उसकी इस खुशी के परिचायक भी थे कि ईद पर उसके बच्चों को भूखा नहीं सोना पड़ेगा।

मैं प्रसन्न थी। अपने छोटे से जीवन में पहली बार मुझे दान करने से होनेवाली खुशी की अनुभूति हो रही थी।

"मछली-चावल सकीना का पसंदीदा भोजन है", उसने भरभराई हुई आवाज में कहा, "कम-से-कम कल तो मैं उसे मछली खिला पाऊँगा, तुम्हारा बहुत-बहुत शुक्रिया।"

"काकू, यहीं इंतजार करना मैं अभी आती हूँ", मैंने कहा और अपने घर की तरफ दौड़ पड़ी।

वह सिर्फ ईंटों की नंगी दीवारों से बना एक छोटा सा कमरा था, अधूरा पर शांति से भरा हुआ। घर के दाईं ओर एक छोटा सा बेकार घोर था, जोकि बाँस की बल्लियों और पत्तों से बना एक अस्थायी आशियाना था। यह हमारा रसोई घर था। वहाँ मैं अपने भाइयों को खेलते हुए देख सकती थी, जबकि मेरी माँ मिट्टी की ड्योढ़ी पर बैठी रात के खाने के लिए आलू छील रही थी।

बड़े-बड़े वृक्षों की आड़ में मैं रसोईघर की ओर गई, सबकी नजरें बचाकर! मैंने चुपचाप दरवाजा खोला और अंदर गई।

कोने में रखे मिट्टी के बरतन से उसका ढक्कन उठाया और अपने हिस्से का चावल निकालकर एक केले के पत्ते पर रखा, फिर मैंने उसे मोड़ा और बरगद के पेड़ की ओर दौड़ पड़ी।

मैं उस आदमी की तरफ देखकर मुसकराई और केले के पत्ते और उसमें लिपटी सामग्री को उसकी ओर बढ़ा दिया।

"यह मेरे हिस्से के चावल है", मैंने कहा, 'मैं जानती हूँ कि ये आपके पूरे परिवार के लिए काफी नहीं हैं, लेकिन ये सकीना के लिए काफी होंगे।"

"तुम मुझे पहले ही बहुत दे चुकी हो, मैं तुमसे और नहीं ले सकता", उसने प्रतिरोध किया।

"काकू कृपया इसे ले लीजिए, वरना मेरी ईदी अधूरी रह जाएगी।"

"क्या तुम बदले में मुझसे ये चूड़ियाँ लेना स्वीकार करोगी?"

"यदि आप मुझे चूड़ियाँ देंगे तो आप मुझसे मेरे ईदी देने का सुख ले लेंगे।" मैंने मुसकराते हुए कहा।

उसने चावल ले लिये और मैं प्रसन्नतापूर्वक घर की ओर चल पड़ी।

रात के खाने के समय मैंने पेट खराब होने का बहाना किया, जिससे मुझे खाना न खाना पड़े।

पिताजी मेरे लिए चिंतित होने लगे, पर माँ ने मेरी ओर ध्यान नहीं दिया, क्योंकि उन्हें शक था कि बरतन से चावल की मात्रा के कम होने में मेरा ही हाथ था।

पर रात को मैं भूख की वजह से सो नहीं पा रही थी, फिर भी मैं वहीं निष्क्रिय सी पड़ी रही। तब मैंने अपने माता-पिता की बातें सुनीं, जिससे मुझे अहसास हुआ कि एक न्यू प्रारब्ध मेरी सोच से कहीं ज्यादा नजदीक था।

''हमें जाना ही होगा'', मेरे पिता कह रहे थे, ''मुझे नहीं मालूम हमारे भविष्य में क्या है, हमारे सर पर यह छत ज्यादा देर तक नहीं रहेगी और हम इसे फिर कभी नहीं देख पाएँगे। मुझे इस बात का डर सता रहा है कि मैं वहाँ तुम्हें क्या दे पाऊँगा?''

''क्या हम यहाँ नहीं रह सकते?'' मैंने अपनी माँ को उन्हें दिलासा देते हुए सुना।

''यह हमारी मातृभूमि है, हमने यहाँ जन्म लिया है।''

''मुझे नहीं लगता हमारे पास कोई चारा है। हमारी जमीन अब हमसे छिननेवाली है।''

मुझे उस वक्त तो पूरी बात समझ में नहीं आई थी, पर यह जरूर पता लग गया था कि एक दिन हमें हमेशा के लिए यह सब छोड़कर जाना पड़ेगा। हमें यह मनोहर फूलों से भरे सुंदर पहाड़ों, मधुर आवाज में पेड़ों पर चहचहाती चिड़ियों, चमकदार और सुकूनदायक सूरज की किरणों, करीने से बने मिट्टी के चबूतरों, जहाँ मैं अपने भाइयों को दौड़ाती थी और हमारी मिट्टी की खुशबू, सबको पीछे छोड़कर जाना होगा। सबकुछ रहेगा, पर सिर्फ हमारी यादों में।

कुछ महीनों के बाद मुझे पता लगा कि संसार में तीन तरह के लोग होते हैं—अंग्रेज, हिंदू और मुसलिम। अंग्रेज हमारे देश में घुसपैठिए थे। हमारा देश अब अंग्रेजों से आजाद हो चुका था, पर इसकी हमें भारी कीमत चुकानी पड़ी थी। हमारा देश दो हिस्सों में बँट गया था—भारत और पाकिस्तान। हिंदुओं को भारत में रहना था, जबकि मुसलिमों को पाकिस्तान में। हमारा बंगाल, हमारी मातृभूमि विभाजित हो गई थी। पूर्वी बंगाल अब पाकिस्तान का हिस्सा था।

मेरे पिता ने उस रात कहा था कि अब हमारे पास वह जगह छोड़ने के अलावा कोई चारा नहीं था। हमारे पास एक और रास्ता था, अपनी मातृभूमि में मर जाने का!

दंगे शुरू हो गए थे। मानवता का अंत हो चुका था। यह दो धर्मों के बीच की लड़ाई नहीं थी। यह मात्र उस इनसान के, जिसकी करुणा मर चुकी थी, और उस इनसान के, जो असहाय और निरीह था, बीच का युद्ध था। घर जलाए जा रहे थे, लड़कियों का बलात्कार किया जा रहा था और लोगों का अमानवीयता के साथ कत्ल किया जा रहा था। हमारा ढाका, हमारा स्वर्ग, नर्क की रणभूमि में तब्दील हो चुका था। वे हिंदू जो अपनी जान बचाना चाह रहे थे, भारत की ओर भाग रहे थे, जबकि वे, जो अपनी मातृभूमि को छोड़ना नहीं चाहते थे, अपनी जान गँवा रहे थे। हमने बचकर निकलने का फैसला किया।

मेरे पिता ने पश्चिमी बंगाल के लिए कूच करने के लिए पूर्णिमा के दो दिन बाद का वक्त चुना। हम अब अपने चबूतरे पर भी नहीं बैठते थे। हम शायद ही कभी सूरज की किरणों को अपने घर में आने की अनुमति देते थे, क्योंकि हमारे पास, हमारे पिता के उस मित्र का इंतजार करने के अलावा और कोई चारा नहीं था, जो हमें भारत जानेवाली ट्रेन पर बैठानेवाले थे।

हमारी यात्रा अगले दिन शुरू होनेवाली थी, पर भाग्य ने हमें अपनी धरती के साथ अंतिम कुछ पलों का आनंद उठाने का भी मौका नहीं

दिया। जिस दिन हम निकलनेवाले थे, उससे एक दिन पहले की सुबह हमारे मोहल्ले में भी दंगाई घुस आए। किसी तरह हम उनके हमारे घर तक पहुँचने से पहले भागने में कामयाब हो गए। हमने अपनी हर एक चीज वहीं छोड़ दी। मेरी अपनी इकलौती लकड़ी की गुड़िया भी वहीं रह गई। हम भागकर जमींदार की कोठी में छुप गए। उनका परिवार बहुत पहले ही जा चुका था। मेरे पिता कोठी के अंदर ले गए और हम कोठी के पीछे आम के बागीचे में जाकर छुप गए, जहाँ हमें दूर से कोई देख नहीं सकता था; पर मेरे पिता व्याकुल थे। मैंने अपने जीवन में पहली बार उनके चेहरे पर भय देखा। वे बाहर से तो दृढता दिखा रहे थे, पर मन-ही-मन वे ईश्वर से हमें जीने का एक आखिरी मौका देने की भीख माँग रहे थे।

कुछ देर बाद मेरे पिता मौनी के घर जाने के लिए उठे। वह उनके परिवार को भी जमींदार की कोठी में लाना चाहते थे। मेरी माँ उन्हें जाने नहीं देना चाहती थीं, पर वे जानती थीं कि उनके पति एक सही काम करने जा रहे थे। जैसे ही मेरे पिता जाने के लिए खड़े हुए, मैं भी खड़ी हो गई। मैं उनसे साथ चलने की जिद करने लगी और उन्होंने अनमने मन से मेरी बात मान ली।

हमने चोरों की तरह अपने कदम मापते हुए सड़क पार की। शीघ्र ही हम मौनी के घर पहुँच गए। मेरे पिता ने मौनी के घर की हालत देखकर मेरे हाथों पर अपनी पकड़ और मजबूत कर दी। उनका घर अब राख का एक ढेर था। हमें नहीं पता था कि मौनी का परिवार उस राख में था या बचकर निकलने में कामयाब हो गया था! मुझे आज भी नहीं पता कि मौनी दुनिया के किसी कोने में जीवित है या नहीं। मैं उसे जीवित मानकर खुश हूँ।

जब मैं और मेरे पिता वापस जाने के लिए मुड़े तो हमने पाया कि कोई हमारी तरफ देख रहा है। मेरे पिता एक मुसलिम आदमी को देखते ही जड़वत् हो गए, पर वह मुझे कुछ जाना-पहचाना लग रहा था।

"डरिए मत, मैं आपको नुकसान नहीं पहुँचाऊँगा। मैं जानवर नहीं हूँ", उस आदमी ने नम्रतापूर्वक मेरे पिता से कहा। फिर उसने मुझे देखा, और "तुम्हारे मुझ पर बहुत उपकार हैं माँ, मैं उन्हें चुकता कैसे नहीं करूँगा?"

मेरे पिता ने आश्चर्य से मेरी ओर देखा, मैंने हामी भरी।

"मैं पश्चिम बंगाल पहुँचने में आपकी मदद करूँगा, आप तब तक मेरे घर में रह सकते हैं, जब तक हालात ठीक नहीं हो जाते", उस आदमी ने कहा।

मेरे पिता को उस पर विश्वास नहीं हो रहा था। "मेरा विश्वास कीजिए", उस आदमी ने अपना भरोसा करने की याचना की।

मैंने विश्वास भरी निगाहों से अपने पिता की ओर देखा, उन्होंने मेरा हाथ और कसकर पकड़ा तथा अश्रुपूर्ण नेत्रों से उसकी तरफ देखकर हामी भर दी।

अपने पूरे परिवार को इकट्ठा साथ लेकर हम सलीम चाचा के घर चले गए। यह उनका नाम था। वहाँ मैं सकीना से मिली। वह मुझसे छोटी थी और बहुत खूबसूरत थी। उनका घर बारह लोगों के एक साथ रहने के लिहाज से छोटा था, पर सलीम चाचा के गरमजोशी भरे व्यवहार ने हमें कोई कमी महसूस नहीं होने दी। उस रात मैंने यह जाना कि दुनिया में केवल दो तरह के लोग होते हैं—मानवीय और अमानवीय। दोनों का ही किसी धर्म से कोई वास्ता नहीं होता है।

अगली सुबह मैंने और मेरी माँ ने बुरका तथा मेरे पिता एवं भाइयों ने सलवार-कमीज और टोपियाँ पहनीं। सलीम चाचा ने यह सोचा कि हमारे लिए इस तरह यात्रा करना ज्यादा सुरक्षित रहेगा। वे हमारे साथ आए और हमने स्टेशन तक जाने के लिए एक बैलगाड़ी की। एक घंटे बाद हम उस स्थान पर पहुँचे, जहाँ ट्रेन के रुकने की संभावना थी। हम वास्तविक स्टेशन से कुछ दूरी पर ही रुक गए। बैलगाड़ी से उतरकर जब मैंने चारों तरफ नजर घुमाई तो हर तरफ सिर्फ लोग-ही-लोग थे।

हर कोई भागना चाहता था।

ट्रेन आई तो लोग ऐसे उस पर टूट पड़े, जैसे जीवन की डूबती नैय्या से उबरने की यही आखिरी आशा थी। हम भी ट्रेन पर चढ़ गए। मैंने चाचा की ओर देखा। उनकी आँखें इस गर्व से चमक रही थीं कि अब वे अल्लाह की नजरों से नजरें मिलाकर अपने इनसानी कृत्यों का ब्योरा दे पाएँगे। उन्होंने मेरी ओर देखा और कहा, ''मीरा, हमेशा याद रखना, कोई धर्म गलत नहीं है और न कोई आत्मा खराब, बस कुछ लोग हैं जो कई बार पथभ्रष्ट हो जाते हैं।''

ट्रेन ने सीटी दी और हमारे हृदय से एक पीड़ा की लहर होकर गुजर गई, क्योंकि हम जानते थे कि अब हम कभी वापस नहीं लौट पाएँगे। पर हम खुश थे जीवित और साथ होने पर। जीवन अनमोल है, संघर्षमय होने पर भी सन् 1947 के उन दिनों ने मुझे जीवन की उन अच्छाइयों से रू-ब-रू कराया, जो इसके सबसे अंधकारमय दौर में भी जीवित रहती थीं। यह कहा जाता है कि जब हम इस संसार में एक बार प्यार देते हैं तो वह कभी व्यर्थ नहीं जाता। यह प्यार हमेशा लौटकर आपके पास आता है, उस वक्त जब आपको इसकी सबसे ज्यादा जरूरत होती है, उस रूप में, जिसका कि आप अंदाजा भी नहीं लगा सकते।

''उसके बाद क्या हुआ?'' मैंने अपनी दादी से पूछा, जब उन्होंने बोलना बंद कर दिया।

''उसके बाद''जीवन की शुरुआत हुई'', फिर उन्होंने जोड़ा, ''पर वह एक दूसरी कहानी है, फिर कभी सुनाऊँगी शायद?''

''हाँ, फिर कभी और।''

□

अग्निपरीक्षा

—सुप्रिया उन्नी नायर

मैं पहली बार मनीषा रामाकृष्णन से सन् 2013 की दीवाली में मिली थी। वह किसी साधारण से चुटकले पर किसी स्कूल जानेवाली बच्ची की तरह खिलखिलाकर हँस रही थी। उसकी चिर-परिचित चपल आँखें चमकते हुए इस हँसी में उसका साथ दे रही थीं। हमारे एक आपसी मित्र ने हमारा परिचय कराया था। उसने मुझे बताया था कि वह कार्लटन टॉवर में सन् 2010 में लगी भीषण आग से बच निकलनेवाले चंद खुशकिस्मत लोगों में से थी। एक शॉर्ट सर्किट की वजह से ऑफिस की इमारत जलकर खाक हो गई थी। इस हादसे में नौ लोगों को जान से हाथ धोना पड़ा था और सत्तर लोग गंभीर रूप से जख्मी हो गए थे। इस हादसे में मनीषा की आवाज चली गई थी और उसके भीतरी अंगों को काफी नुकसान हुआ था। अति तो यह थी कि अब वह इमारत के मालिकों के साथ कानूनी जंग में उलझ गई थी। पर यहाँ वह मेरे सामने थी, मुसकराती हुई और खूबसूरत दीवाली की रोशनियों, रंग-बिरंगी साड़ियों के कमरे में मौजूद तथा बंगलौर की मनभावन ठंडी रात के बारे में बातें करती हुई।

काफी समय बाद जब हम अच्छे दोस्त बन गए, तब मैंने उससे पूछा कि कैसे कोई इतना सब सहने के बाद भी कटुता से परे हो सकता है? उसने मुझे एक बड़ी सी मुसकान दी और सरलतापूर्वक कहा, ‘‘मैंने

नाखुश न रहने का निर्णय किया है।''

चीखें तेज होती जा रही थीं तथा जलते हुए रबर की तीखी गंध और भी तीखी होती जा रही थी। घने काले धुएँ की चादर मानो जीवित हो उठी थी। यह चादर कई तरह की विकराल आकृतियाँ धारण करती जा रही थी। मनीषा मेज पर उकड़ूँ बैठी हुई धुएँ को अपनी ओर एक हत्यारे की तरह बढ़ती हुई देख रही थी। क्या वह कल्पना कर रही थीं या वह वास्तव में काली खोपड़ी और धँसी हुई पोपली आँखों को देख रही थी, जो आत्माओं को इक्ट्ठा करने का इंतजार कर रही थीं?

''मनीषा मैडम! मनीषा मैडम!'' ऑफिस में काम करनेवाले लड़के फैयाज की आवाज उसे झकझोकर वापस यथार्थ में ले आई ''हमें बाहर निकलना होगा।''

धुएँ ने सीढ़ियों का रास्ता बाधित कर दिया था। वे सातवें माले पर थे और बाहर जाने का एकमात्र रास्ता खिड़की से होकर गुजरता था। डर से उसे चक्कर आ रहे थे और वह पित्त को अपने गले तक आता हुआ महसूस कर रही थी। उसका मन अपने दोनों लड़कों की ओर गया, मेरे बच्चो/मेरे प्यारे बच्चो! मैं तुमसे प्रेम करती हूँ। वे उसकी जिंदगी थे/ उसका सबकुछ/उन्हें अकेली माँ के रूप में पालना अत्यंत कठिन था, पर यह उसके जीवन का सर्वाधिक संतुष्टि प्रदान करनेवाला अनुभव था। उसने अपने को सँभाला, उठ खड़ी हुई और अपने चारों ओर का मुआयना किया। उसका बॉस बालाजी उल्टियाँ कर रहा था और अपने पेट को भींचे हुए था। कुशल एवं मजबूत बालाजी! एक बच्चे की तरह सिमटा हुआ।

कमरे के दूसरी तरफ एक अग्निशामक यंत्र पड़ा हुआ था। इस अग्निशामक यंत्र का इस्तेमाल करना किसे आता था? मनीषा ने सोचा। साथ ही यह बेकाबू और तेजी से फैलती आग और धुएँ को काबू करने के लिए नाकाफी था।

शायद हम खिड़की तोड़ सकें, उसने सोचा।

''फैयाज, मेरी मदद करो'', उसने भरभराई आवाज से पुकारा। फैयाज अग्निशामक यंत्र की तरफ बढ़ा, खाँसता हुआ, उसका सरकंडे जैसा दुर्बल शरीर हर साँस के साथ भयावह रूप से काँपता हुआ।

वह उसे कैसे उठा पाएगा? वह तो शायद उससे भी भारी होगा, मनीषा ने सोचा। उसने एक गहरी साँस लेने की कोशिश की, पर कार्बन मोनोऑक्साइड ने उसके फेफड़ों को जला दिया और उसे खाँसी का दौरा पड़ गया। मुझे ही यह करना होगा, उसने खुद से कहा, उसने अपनी सारी ताकत लगाकर अग्निशामक यंत्र को उठाया और उसे खिड़की पर दे मारा, खिड़की टुकड़े-टुकड़े हो गई।

नीचे बचाव कर्मियों ने तारपोलीन की चादर फैला रखी थी और वे लोगों को उसपर कूदने के लिए कह रहे थे।

मनीषा भय के मारे बीमार हो गई थी। क्या उसे कूदना चाहिए? या उसे किसी के ऊपर आकर उन्हें बचाने का इंतजार करना चाहिए? उसे मितली और चक्कर आने लगे। वह फर्श पर बैठ गई। उसके फेफड़े कार्बन मोनोऑक्साइड से लड़ने का प्रयत्न कर रहे थे। उसे ऐसा लग रहा था, जैसे उसके गले में आग लगी हो। उसने प्रार्थना करना शुरू कर दिया, ''ईश्वर क्या मैं मरनेवाली हूँ? क्या आप देख रहे हैं?''

मनीषा ने कदमों की आहट और फर्नीचर के खिसकाए जाने की आवाज सुनी। ऑफिस में अभी अँधेरा था। धुएँ ने टूटी खिड़की की दरारों से आनेवाली हलकी रोशनी को भी दबा दिया था। वह बातचीत के कुछ अंश सुन पा रही थी—

''इस मंजिल पर कुछ लोग हैं।''

''हमें उन्हें बाहर निकालना होगा।''

''मुझे और रोशनी चाहिए, अंदर घुप्प अँधेरा है।''

''और फिर वहाँ कोई है।''

उसको कुछ संतोष हुआ। ''हाँ! मदद करें!''

उसने पुकारना चाहा, उसकी आवाज कहाँ थी? शायद चिल्लाने

से बात बने। उसने पुनः कोशिश की पर कोई आवाज नहीं आई। एक फुसफुसाहट भी नहीं। वह कदमों की आहट को दूर जाते हुए सुन सकती थी।

नहीं! नहीं! मनीषा रेंगते हुए उस तरफ गई, जहाँ उसके अनुसार उसकी मेज हुआ करती थी। "कृपया रुकिए!" वह कहना चाहती थी। उसे अपना शरीर फूला हुआ महसूस हुआ। उसने अपने को थोड़ा और घसीटा पर कदम दूर जा चुके थे। यह नहीं हो सकता, उसने मन में सोचा। वे वापस आएँगे। उन्हें आना ही होगा! उसे इंतजार करते हुए मानो सदियाँ बीत गई थीं। तभी कमरे में एक और आवाज, एक और रोशनी दाखिल हुई।

"यहाँ कोई है?" वह उसके इतना करीब था कि मनीषा उसके जूतों पर लगी धूल को सूँघ सकती थी।

"हाँ!" उसने चिल्लाया, पर आवाज नहीं निकली और फिर उसने उसकी पतलून को पकड़ा। बचावकर्मी चौंक पड़ा।

"यहाँ आओ। मुझे कोई मिला है!" उसने उसे सहारा देकर उठाया। सात मंजिल नीचे उतरना पीड़ादायक था। चार लोगों को उसे सहारा देकर सीढ़ियों से नीचे उतारना पड़ा। एक के बाद एक। आजादी की ओर। जिंदगी की ओर। "मैडम आप हँस रही हैं? बहुत अच्छा। बहुत अच्छा", उस पुलिस अधिकारी ने कहा, जो उसकी मदद करने आया था। "हम आपको पहले जाँच के लिए अस्पताल ले जाएँगे, ठीक है?" उसनें मुसकराकर उसकी तरफ देखा, वह अपने घर अपने बच्चों के पास जाने के लिए आकुल थी।

अस्पताल-गंध, चिकित्सकों का भौचक्का सा चेहरा और बहुत ही बेहतरीन रूप में दयालु नर्सें! वे मुझे ऐसे क्यों देख रहे हैं? उसने सोचा। टूटी-फूटी बातचीत के कतरे अंदर-बाहर तैर रहे थे।

"सूजन को देखो…" उसे तुरंत आई.सी.यू. में स्थानांतरित करना होगा। हमें शीघ्र ही उसके गले की शल्य चिकित्सा करनी होगी। "दयालु

आँखोंवाले चिकित्सक ने कहा'', ''यह तुम्हारी साँस लेने में मदद करेगा।'' उसने उसे समझाया। पर वह तो केवल घर जाकर अपने बच्चों को अपनी बाँहों में समेट लेना चाहती थी। दिन महीनों में परिवर्तित होते गए/दो/तीन। मनीषा ने हर चीज का मतलब समझने की कोशिश की। पर दर्द बहुत ज्यादा था, जैसे हजारों खंजर उसकी नाक, गले और छाती में घुसे हों। उसे लाशों के बाहर ले जाने का आभास हुआ। उसने करुण क्रंदन सुने। उसने अपने परिवारवालों के चिंतित चेहरे देखे। उसके मजबूत, वायु सेना में पायलट पिता, उस पर झुके हुए थे और उनके चेहरे पर चिंता की रेखाएँ खिंची हुई थीं। उसकी दृढ एवं स्वावलंबी माँ भौचक्की थी। फिर उसके बच्चे थे। उसका पहला बच्चा आकाश और छोटा बच्चा ध्रुव। उनके चेहरे पर आँसू बह रहे थे। चिंता मत करो मेरे प्यारो, हम इससे निजात पा लेंगे, वह उन्हें बताना चाहती थी।

वह तीन दिनों के लिए कोमा में चली गई। हफ्तों बाद, वह कार्ल्टन की आग में घायल हुए मरीजों में से अस्पताल में भरती आखिरी मरीज थी, जोकि अब तक भरती थी। अच्छी दयालु नर्सों ने उसे सबसे अच्छे मरीज की उपाधि दी थी। ''मनीषा हमसे इतना प्यार करती है कि वह अस्पताल से जाना ही नहीं चाहती, है न?'' एक चंचल जवान नर्स ने कहा।

अंततः उसे आई.सी.यू. से बाहर निकाला गया। अब वह वेंटिलेटर के बगैर साँस ले पा रही थी।

और दर्द! और खंजर। उसने लगभग चालीस किलो वजन कम कर लिया था। त्वरित वजन घटाने का इससे बढ़िया उपाय और क्या होगा? उसने खुद से कहा।

बातों के कुछ और कतरे थे। कोई उसके पिता से पैसों की बात कर रहा था। सरकार आई.सी.यू. का खर्चा उठाएगी, उसने किसी को कहते हुए सुना।

''मेरा बटुआ'', मनीषा को अचानक याद आया। उसमें रुपए

थे…25,000 रुपए, ध्रुव की फीस के लिए। उसे अहसास हुआ कि रुपए तो जलकर खाक हो गए होंगे, जैसे कि फर्नीचर तथा ऑफिस के महत्त्वपूर्ण कागजात राख-से-राख, धूल-से-धूल! मनीषा ने सोचा। रात के सन्नाटे में जब सब जा चुके थे और वह अकेली थी, उसने अपने जीवन के बारे में सोचा वह संघर्ष। उसकी असफल शादी, उसके जीवन के वे भयावह दिन जब पैसे की कमी थी!

पर सकारात्मक सोचा जाए तो उसके ससुरालवाले उसे प्यार करते थे और उसे प्रेम से अभिभूत कर रखा था। उसकी अपने सहकर्मियों के साथ अच्छी दोस्ती थी।

मैं बहुत खुशकिस्मत हूँ कि मैं आज जीवित हूँ। मेरा शरीर मेरे लिए लड़ा, उसने सोचा, ईश्वर हर किसी की जिंदगी को काबू करने के लिए दो रस्सी के फंदे देता है। एक अच्छा फंदा और एक बुरा फंदा। आपको यह तय करना होता है कि आप किसे चुनेंगे। मैंने अच्छी रस्सी चुनी। मैं अपनी जिंदगी पूरी जीऊँगी और हमेशा खुश रहूँगी।

अंततः आठ माह पश्चात् मनीषा को अस्पताल से छुट्टी मिल गई। वह आखिरकार घर जाने की स्वतंत्रता पाकर हलका महसूस कर रही थी। पर उसकी आवाज हमेशा के लिए जा चुकी थी। उसको बोलने के लिए हमेशा गले की नली का सहारा लेना पड़ेगा, जो स्थायी रूप से उसके गले में डाली जा चुकी थी। उसके गुरदों पर भी असर पड़ा था और उसके फेफड़े भी क्षतिग्रस्त हो चुके थे। उसने स्वयं को आईने में देखा- सिर्फ खाल और हड्डियाँ! उसके बाल बाहर आ गए थे और गाल अंदर धँस गए थे। उसकी आँखें भर आईं। वह अपनी पहले की अवस्था की एक छाया मात्र थी। क्या मकसद है? अब मैं आगे क्या करूँगी? आईने में मौजूद आकृति ने मानो उसका जवाब दिया, जैसे हवा के झोंके कानों में कुछ कह जाते हैं। ''मेरी देखभाल करो। अपने दोनों बेटों की देखभाल करो। तुम्हारे माता-पिता और दोस्त। तुमने तो मृत्युशैय्या पर पड़े अपने तलाकशुदा पति की भी सेवा की थी। अब

समय है मेरा पोषण करने का। तुम्हारी आत्मा। स्वयं से प्रेम करो।''

''हाँ'', मनीषा बुदबुदाई, ''हाँ''।

यह एक मुश्किल कार्य था।

पहले तो शरीर का खयाल रखना था। उसे अपने खान-पान एवं पोषण का भी ध्यान रखना था। डिब्बों में भरी हुई दवाइयाँ, असंख्य परीक्षण और कभी न खत्म होनेवाली प्रक्रियाएँ!

फिर दिमाग की देखभाल की बारी आती थी। उसने पुस्तकों का रुख किया, सलाह ली, दोस्तों और अपने बेटों का सहारा लिया। उसने खूबसूरत पेड़ों को फलते-फूलते देखा और बंगलौर के मनभावन मौसम का आनंद लिया। उसने अपने बेटों के साथ पढ़ते और हँसते हुए वक्त गुजारा। उसने अपने दोस्तों की मदद की, अपने घर पर काम करनेवालों का हाथ बँटाया और जवान मालिन की सहायता की, जो अपने घर की समस्याओं से परेशान थी। उसका घर जख्मी जानवरों की पनाहगाह बन गया। मैं जन्मजात पोषक हूँ, उसने प्रसन्न मन से सोचा। यही मेरा लक्ष्य है और यही मेरा कर्म है जीवन में। पोषण करना एवं खुशियाँ फैलाना! तथा फिर मुकदमे और, और ज्यादा मुकदमे उसे अपने तथा अन्य बचे लोगों के हक के लिए अदालतों के चक्कर काटने पड़ते थे।

और अंततः उसे काम पर वापस जाना था तथा वह गई। पर बहुराष्ट्रीय सूचना प्रौद्योगिकी कंपनी के ऑफिस की नई इमारत में उसे घुटन होती थी। ''मैं यहाँ क्या कर रही हूँ? मुझे वह करना चाहिए, जो मुझे पसंद है। जीवन अनमोल है और इसे व्यर्थ नहीं गँवाया जा सकता है,'' उसने सोचा।

उसने नौकरी छोड़ दी और अपने दूसरे सबसे पंसदीदा कार्य, भोजन पकाने को अपना कार्य बना लिया। उसने पहले एक दोस्त की बेटी के जन्मदिन पर कैटरर की जिम्मेदारी सँभाली। फिर एक और दावत। फिर एक रात, मनीषा घर पर मँगाए गए खाने की गुणवत्ता को लेकर काफी गुस्से में थी। ''ये इतना पैसा लेते हैं और यह खाना इतना

बेस्वाद है! मैं इसके मालिक को चिट्ठी लिखकर यह बताना चाहती हूँ कि मैं इससे बेहतर खाना पका सकती हूँ।'' वह आग-बबूला होकर बोली।

आकर्ष ने मुझे शांत होने को कहा और बोला कि यदि मैं इतनी ही नाराज हूँ तो चिट्ठी लिख क्यों नहीं देती? उसने वैसा ही किया। सात महीने बाद उनका जवाब आया। वे साथ काम करने की संभावनाओं पर विचार करना चाह रहे थे।

पर सबसे बड़े राक्षस का संहार करना अभी बाकी था। मनीषा को वापस कार्लटन टॉवर जाना था। उसने प्रयत्न किया पर असफल रही। उसके पाँव दीवार पर जमी कालिख को देखकर ढीले पड़ गए। जब उसे इस बात की खबर लगी कि उसके कई प्रिय सहकर्मी कूदकर काल का ग्रास बन गए तो वह बिल्कुल टूट गई। राक्षसों ने उसे बहुत प्रताड़ित किया। निश्चय ही कार्लटन टॉवर के भय के आगे भी कोई जगह होगी। पर वह उसे कैसे खोजेगी?

''ध्रुव, क्या तुम मेरे लिए एक त्वरित भीड़ जुटा पाओगे?'' मनीषा ने एक दिन अपने छोटे बेटे से पूछा। वह इस सवाल को सुनकर विस्मित हुआ, ''हाँ माँ, पर किसके साथ?''

''मेरे और अपने दोस्तों के साथ...कार्लटन पर।'' मनीषा ने उत्तर दिया। वह लड़का कुछ देर खामोश रहा, फिर उसने अपनी माँ की ओर देखा और मुसकराया, ''हाँ, क्यों नहीं हमें यह करना ही चाहिए।'' 23 फरवरी, 2013 को, कार्लटन हादसे के तीन साल बाद, मनीषा, ध्रुव और उसके दोस्त तथा हादसे का शिकार हुए लोगों के परिवार के सदस्यों ने जश्न मनाया। कार्लटन को पीछे छोड़कर। वे नाचे, उन्होंने पेपर के लालटेन जलाए, जिन पर मृत लोगों के नाम लिखे थे और उन्हें हवा में छोड़ दिया, अंततः मनीषा को शांति मिली। उसने अपने राक्षस को मार गिराया था।

रामायण में सीता को अपनी पवित्रता साबित करने के लिए

अग्निपरीक्षा देनी पड़ी थी। अग्नि ने उनके गुणों का आदर करते हुए उन्हें बिना नुकसान पहुँचाए हुए छोड़ दिया था। मनीषा रामाकृष्णन की अग्निपरीक्षा भी उतनी ही कठोर थी। और इसे पारकर उसे जीवनदान मिला था। वह कहती है कि उसकी सकारात्मक सोच का राज साधारण चीजों में छुपा है, जीवन के हर छोटे और साधारण सुख के लिए कृतज्ञता।

□

अमृत

—सत्यार्थ नायक

मेरी माँ मेरा सामान बाँध रही थी कि तभी फोन की घंटी बजने लगी। उसका नाम स्क्रीन पर आया पर मेरी आँखों के सामने दो दिन पहले हुआ हमारा तीखा झगड़ा घूम गया। मैंने फोन काट दिया।

''अगर वह मेरे ऊपर पेशाब कर दे तो क्या होगा?'' मैंने अपना ध्यान बँटाने के लिए अपनी माँ से पूछा।

उनकी बाईं भौंह हवा में उछली।

''तुम्हारा मूत्राशय भी कोई सूखा नहीं था, जब तुम छोटे बच्चे थे और उनकी गोद में रहते थे। तुम इसे उधार चुकाने की तरह ही देखो।''

हम दोनों हँस पड़े। वह जानती थी कि मैं मजाक कर रहा था। वह जानती थी कि मैं अपने दादाजी से कितना प्यार करता था और इस बात को लेकर कितना उत्साहित था कि कुछ ही घंटों बाद मैं एक बार फिर उनके नजदीक बैठा होऊँगा। वह यह भी जानती थी कि मैं उनके गिरते स्वास्थ्य को लेकर कितना चिंतित हूँ। उनकी सेहत भी उनकी उम्र के उनके और मित्रों की तरह ही खराब होती जा रही थी।

मेरे दादाजी ने जीवन के पिचासी बर्ष विलक्षण रूप से बेहतरीन स्वास्थ्य के साथ बिताए थे और अब वे लँगड़ाते हुए अपने जीवन के नब्बे वर्ष की ओर अग्रसर थे। परंतु पिछले पाँच वर्ष अचानक स्याह हो गए थे। धूमिल होती रोशनी ने उन्हें एक वैरागी व्यक्ति में तब्दील कर

दिया था, जो बेहद कम बोलता था। वे हमें पहचानते थे, पर फिर भी कभी-कभी उनकी आँखें हमें ऐसे देखती थीं जैसे कि वे मेरी बहन के मुलायम खिलौनेवाले भालू की प्लास्टिक की आँखें हों! कई बार वे लेटकर दर्द की अधिकता से काँपने लगते थे। और एकाएक मुझे बताया गया कि वे अब बिस्तर भी गीला करने लग गए थे।

"दादीजी की इस वक्त क्या हालत है?" मैंने सवाल किया।

"वे इनके साथ जीवन बिताना सीख चुकी हैं।"

"जीवन?" वह महिला क्रोध से पागल हो रही होगी। यह अचंभा ही है कि उन्होंने अभी तक दादाजी के मूत्राशय को काटकर फेंक नहीं दिया है।

"बस करो।" माँ ने मुझे घूरते हुए मेरे हाथों में खाने की तश्तरी थमाई, "वह उस आदमी से प्रेम करती है। मुझे आज तक समझ नहीं आया कि तुम्हें इस बात पर विश्वास करने में इतनी दिक्कत क्यों होती है।"

मैं शांति से भोजन करने लगा। वहाँ विश्वास करने को क्या था? यह जरूर था कि वे लगभग साठ वर्षों से पति-पत्नी के रूप में जीवन-यापन कर रहे थे। पर मैंने कभी उनके बीच ऐसा कुछ नहीं देखा, जिसका दूर-दूर तक भी प्रेम से कोई वास्ता हो। मैंने उनके विवाह की कहानी भी सुन रखी थी, जो मेरे इस विश्वास को कि उनके बंधन में परी कथा जैसा कुछ नहीं था, को और भी दृढ बनाती थी। दादीजी एक बड़े जमींदार की सबसे बड़ी बेटी थी, जबकि दादाजी एक कृषक दंपती के इकलौते बेटे थे। यह एक प्रेम कथा के बढ़िया मसाले जैसा लगता है, पर ऐसा कुछ भी नहीं हुआ था। हमारा नायक मिट्टी से उठकर सरकारी कर विभाग में एक बड़ा अधिकारी बन गया था, जिसके परिणामस्वरूप लड़की के पिता ने उन दोनों की शादी तय कर दी थी। यहीं कहानी का अंत था। केवल एक सामंती महिला और सर्वहारा वर्ग के पुरुष को माता-पिता की योजानुसार विवाह-बंधन में बाँध दिया गया था, समाज की चलायमान बेदी पर रस्मों की अदायगी भर।

हालाँकि दादाजी सामाजिक सीढ़ियों की कई ऊँचाइयों पर विजय प्राप्त चुके थे। दादीजी उन्हें उनकी देहाती पृष्ठभूमि, जिससे गाय के गोबर और कीटनाशकों की दुर्गंध आती थी, याद दिलाने का कोई मौका नहीं छोड़ती थीं। दूसरी ओर जब भी दादीजी अपने देहाती वाक्यों में कोई अंग्रेजी शब्द आरोपित करती थीं तो दादाजी मुझे देखकर एक टेढ़ी हँसी हँसते थे। दादीजी आह भरकर कहतीं कि किस तरह उनके पिता ने उनका विवाह हमेशा गाँव की जमीनों के नक्शे बनानेवाले एक देहाती, गँवार से कराकर उनका जीवन तबाह कर दिया। दादाजी उन्हें कोसने में व्यस्त रहनेवाले थे कि कैसे उन्होंने अपना जीवन सस्ते मनोरंजन के चक्कर में घटिया साहित्य पढ़कर नष्ट कर दिया। दादीजी को दादाजी के उनके बड़े परिवार के प्रति नर्मदिल होने से नफरत थी और दादाजी को दादीजी के घंटों फोन पर चिपके रहकर किसी की निंदा करने से। मैं हमेशा सोचा करता था कि एक-दूसरे के प्रति इतने घृणा के भाव होने पर भी उनका एक या दो नहीं, बल्कि पूरे चार बच्चे पैदा कर लेना किसी चमत्कार से कम नहीं था। मेरे हिसाब से जितना हम जानते थे, उसके अनुसार उन्होंने यह कार्य तब किया होगा, जब दादीजी एक और घटिया रोमांचक उपन्यास के पन्ने पलट रही होंगी तथा दादाजी एक और बेचारे नक्शे पर कर्ण रेखा खींच रहे होंगे।

‘‘दादाजी को इस अवस्था में तो मैं निश्चित ही उनका और उग्र व्यवहार देखूँगा,’’ मैंने यूँ ही कहा।

माँ ने ‘न’ में सिर हिलाया, पर मैं जानता था कि मैं क्या कह रहा हूँ। पिछले पाँच वर्ष मेरी दादीजी के लिए भी स्याह हो गए थे, पर अधिक शाब्दिक अर्थ में मोतियाबिंद चुपचाप उनकी दोनों आँखों में दाखिल हो गया था और उनके दोनों बल्ब फाड़ दिए थे। मैंने कई बार उन्हें चिकित्सकों के पास जाकर रोशनी की सिर्फ एक किरण के लिए भीख माँगते देखा था, पर कोई फायदा नहीं हुआ था। उसके बाद उनकी आत्मा सड़ने लगी थी। आत्म करुणा, क्रोध और निराशा एक व्यक्ति के

मन से सारा प्रेम निकालकर बाहर फेंक सकते हैं और यहाँ तो दादीजी के पास पहले से ही इसकी काफी किल्लत थी।

पर माँ अभी भी अपना सिर हिला रही थीं, "मैं जानती हूँ, उनका एक-दूसरे के लिए क्या महत्त्व है, तुम देखना।"

मैंने सोचा। मैं बहुत देख चुका हूँ। मेरे दादा-दादी व्यक्तिगत रूप से बेहतरीन इनसान थे, पर उन्हें एक कटोरे में एक साथ डाल दीजिए और देखिए शुरू हो गया केमिकल लोचा। सारे रिश्ते ऐसे ही तो होते हैं, क्या ऐसा नहीं है? जब मेरे दादा-दादी का साठ साल का रिश्ता उनके मन में एक-दूसरे के लिए कोई प्रेम न जगा सका तो मेरा छह महीने पुराना झगड़ों से लदा हुआ रिश्ता पानी के खाली गिलास से ज्यादा कुछ नहीं हो सकता था।

वह फिर से फोन कर रही थी। मैंने फोन काट दिया। रूमानी इश्क आखिर एक मृगतृष्णा ही तो था।

नौ घंटों के बाद मैं दादीजी के सामने खड़ा था। मैं समझ सकता था कि किस तरह उनकी सूनी आँखें यह कल्पना करने की कोशिश कर रही थीं कि जब उन्होंने मुझे आखिरी बार देखा था, तब से अब तक मुझमें कितना बदलाव आ गया होगा! ऐसा लग रहा था, जैसे उनका चेहरा मेरी आवाज को पकड़कर उसका इस्तेमाल मेरा रेखाचित्र बनाने में कर रहा था। उनकी निराशा ने स्वीकार्यता के लिए जगह बना ली थी। पर आत्म करुणा अभी भी वहीं थी और क्रोधाग्नि भी।

"अब मेरे पास कोई नहीं आता, मौत भी नहीं। कितने लोग मर रहे हैं, पर मैं नहीं। मुझे मालूम है, मैं जीती रहूँगी और कष्ट उठाती रहूँगी। यह अंधी जिंदगी मुझे जल्दी छोड़नेवाली नहीं।"

"दादाजी कहाँ हैं?"

"वे कहीं पड़े होंगे। वे केवल सोते और मूतते ही तो हैं। मूतना एवं सोना और वे पानी भी नहीं पीते। पता नहीं मौत से पहले और क्या-क्या सहना पड़ेगा? नर्क यहीं मेरे घर में है।"

"हमें दुबारा उनको दिखाना चाहिए।"

"मैं तो कहती रहती हूँ पर किसी के पास वक्त ही नहीं है। मैंने सबको कह दिया है कि या तो वे इस बूढ़े आदमी को चिकित्सक के पास ले जाएँ या चिता पर लिटा दें। मुझे कोई परवाह नहीं है।"

मैं खाने के कमरे को पार करता हुआ एक छोटे कमरे में गया, जो दादाजी की पनाहगाह था। वह गद्देदार पलंग पर चित पड़े हुए थे, पर वे सो नहीं रहे थे। वे मुझे देखकर हँसे और मैंने उनके सीने पर अपना सर रख दिया। हम दोनों ही जानते थे कि क्या होनेवाला है। बचपन में उन्होंने मुझे जो लाखों चीजें सिखाई थीं, उनमें से एक उड़िया गाना भी था, जिसके बोल इतने भयावह थे कि वे मेरी यादों में बस गए थे। मुझे उनकी टूटती आवाज में उस गाने को सुनने से ज्यादा अच्छा कुछ भी नहीं लगता था। वे उठकर बैठ गए, यह दोहराने का समय था—

'रहा रहा खयने बासपिया सकता
देखबी चिलिका चारू चित्रपट।'

धरतीपुत्र भाँप के इंजन से धीरे-धीरे चलने की भीख माँग रहा था, जिससे कि वह उस धरती को कुछ देर और निहार सके, जिसने उसे प्रेरणा दी थी। यह एक जाती हुई आत्मा की याचनापूर्ण आवाज थी। एक लम्हे के लिए याचना…सिर्फ एक लम्हा और!

तभी माहौल अचानक सिमटकर खत्म हो गया। एक नए युगल बॉलीवुड गाने के कर्कश स्वर दादीजी के कमरे से उठे और इस लम्हे पर अतिक्रमण कर लिया। मैं मुड़ा और दादाजी की मुख-मुद्रा को बदलते हुए देखा।

रात के खाने पर उन दोनों ने कोई बात नहीं की। उनकी बातें एकल शब्दों का आदान-प्रदान भर थीं पर अब मानो उन्होंने भी उनका साथ छोड़ दिया था। और मजेदार बात यह थी कि अब यह अजीब भी नहीं लगता था। दादीजी उठीं और दीवारों का सहारा लेकर अपने कमरे में चली गईं। दादाजी चुपचाप उन्हें देखते रहे।

मैं जब भी उड़ीसा में होता था, अपने दादा-दादी के साथ सोता था। यह मेरे बचपन का आखिरी अंश था और हम दोनों ने अभी भी इसे दूर नहीं किया था। जब मैं अपने भाई-बहनों के साथ भी सो रहा होता था तो दादाजी आधी रात को मुझे उठाकर अपने कमरे में ले जाते थे। आज रात भी कुछ वैसा ही हुआ। मैं जल्दी ही उनके खर्राटों की जानी-पहचानी मधुर लोरी सुनकर नींद के आगोश में चला गया।

मैंने सपना देखा कि मैं बह रहा हूँ। एक नदी पर बह रहा हूँ, अकेला! एक सर्द बेहद सर्द नदी पर। सर्दी और बढ़ती जा रही थी तथा नदी मानो चौड़ी और चौड़ी होती जा रही थी। मैंने आँखें खोलीं, यह कोई नदी नहीं थी, दादाजी ने बिस्तर गीला कर दिया था।

मच्छरदानी को लगभग फाड़ते हुए, मैंने बिजली का स्विच दबाया और वह देखा, जिसके बारे में मैं पिछले कई महीनों से सुनता आ रहा था। उनके पाजामों और पैरों से पेशाब की बदबू आ रही थी। वह तरल पदार्थ धीरे-धीरे नीली चादर के ऊपर एक घने बादल की तरह फैलता जा रहा था, पर मुझे जो बात परेशान कर रही थी, वह थी कि किस तरह उनका कमजोर शरीर इस दुर्घटना पर प्रतिक्रिया देख रहा था। वे किसी सितार के छेड़े हुए तार की तरह काँप रहे थे, जैसे कि अपनी इस बचकानी हरकत पर शर्मिंदा हों। अधजगा हुआ सा वह व्यक्ति किसी कुत्ते की तरह हाँफ रहा था, उस सर्द जाड़े की रात में। वह अपने पैरों को बढ़ाकर पेशाब को अपनी त्वचा से हटाना चाहता था, पर वह चिपचिपा तरल पदार्थ उसके छिद्रों सें मानो कई जोंकों की तरह चिपक गया था। मैं तेजी से बाहर जाकर अपने चाचा को बुलाने के लिए मुड़ा कि तभी एक दूसरी आवाज ने मुझे रोक लिया।

दादीजी जग गई थीं, वे बात कर रही थीं। मेरे दादाजी से बात कर रही थीं। वे चिल्ला नहीं रही थीं। वे उन्हें सांत्वना दे रही थीं। अपने नब्बे वर्ष के पति को एक नौ वर्ष के बच्चे की तरह सांत्वना दे रही थीं। उनसे उस आवाज में बात कर रही थीं, जो मैंने कभी सुनी ही नहीं थी।

और तभी कुछ हुआ।

मैंने दादाजी को अपना हाथ उनकी तरफ बढ़ाते हुए देखा, धीरे से मैंने चुटकी ली। काश! दादीजी देख पातीं और उनकी तरफ बढ़तीं!

पर मैं गलत था। वे मुड़ीं, उनकी तरफ मुड़ीं और अपना हाथ बढ़ाया। वह जानती थीं, वे किस तरह से जानती थीं? वे टटोल रही थीं, गीली सतह पर टटोल रही थीं। उनके लिए टटोल रही थीं, जब तक कि उनकी उँगलियाँ आपस में छू नहीं गईं। मैंने उन्हें उनके काँपते हुए हाथों को अपने हाथों में लेकर दबाते हुए देखा। वे जितना काँपते थे, दादी उतनी मजबूती से पकड़ती थीं। उन्हें बार-बार झटके आते रहे, पर दादीजी ने उन्हें मजबूती से पकड़े रखा, और एक बार भी उन कमजोर उँगलियों को अपने हाथों से नहीं जाने दिया।

वे अब शांत थे। केवल उनकी नब्ज एक साथ चल रही थी। कुछ पलों बाद, दादाजी के हाथ शिथिल पड़ गए। उनके शरीर ने काँपना बंद कर दिया और शनैः-शनैः वे सो गए। दादीजी ने अपनी मुट्ठी खोली, जैसे ही उन्होंने धीरे से अपना हाथ खींचा, मैंने एक आँसू उनके गालों से ढुलकते और तकिया पर दाग लगाते देखा।

अगली सुबह दादीजी मेरे ऊपर टेप रिकॉर्डर की आवाज को तेज करने के लिए चिल्लाईं और दादाजी अपने नकली दाँतों को पीसते हुए कमरे से बाहर चले गए। पर मैं मुसकरा रहा था, क्योंकि जाते समय दादाजी ने परदे लगा दिए थे, ताकि दादाजी के चेहरे पर सूरज की रोशनी न पड़े और वे मुझे बुलाकर पूछ रही थीं कि तुम अगले हफ्ते अपने दादाजी के जन्मदिन पर क्या करनेवाले हो?

मुझे अब सबकुछ समझ आ गया था। प्रेम हमारे इर्द-गिर्द बिखरी उन तमाम और चीजों की तरह है, जो अदृश्य हैं। एक इंद्रधनुष की तरह। आप हमेशा उसे नहीं देख सकते। आपको सिर्फ विश्वास करना होता है कि वह वहाँ है। मैंने अपना फोन निकाला और उसका नंबर मिलाया।

□

मना करने की आजादी

—*जिम्मी मैथ्यू*

उस कस्बे के लोग उसे एक शहर मानते थे। पर मैं प्रभावित नहीं था। वहाँ कोई नहीं जानता था कि एक प्लास्टिक सर्जन वास्तव में क्या करता है। किस्मत से, हड्डियों के चिकित्सक को मेरी उपयोगिता पर भरोसा था। वहाँ कई भयंकर रूप से चोटिल रोगी आते थे। और मुझे नौकरी की जरूरत थी, हालाँकि सबसे ऊबाऊ कार्य था, बाह्य रोगी विभाग में जाना। मेरी उम्मीदें एक जवान जोड़े को देखकर परवान चढ़ीं। लड़की थोड़ी हृष्ट-पुष्ट मगर मनमोहक थी और एक उदासी भरी सुंदरता भी उसमें थी। क्या उसे वजन कम करवाना था? शायद नाक ठीक करवानी हो? मैंने आदमी की ओर निगाह डाली, वह रूखा और चिड़चिड़ा सा लगा। उसके सिर के आगे का हिस्सा परती भूमि सा था, शायद वह आदमी बाल लगवाना चाहता था? नहीं? कुछ तो गलत था, लड़की रूआँसी थी और आदमी क्रोधित लग रहा था।

उसने रूखे तरीके से अपना और अपनी बीवी का परिचय दिया। वे कुछ ही दिनों पहले विवाह के बंधन में बँधे थे। उसने कहा, "डॉक्टर, यह कुँवारी नहीं है। मैं पहली रात को ही जान गया था। मैं मूर्ख नहीं हूँ। मैं ये सब जानता हूँ।" उन शब्दों में विद्वेष की पराकाष्ठा थी।

"नहीं, मैं भगवान् की कसम खाती हूँ," लड़की बोल पड़ी। फिर उसने अपनी आँखें नीचे कर लीं और रोने लगी।

सकुचाते हुए मैंने उन्हें बताना शुरू किया कि योनि की झिल्ली कुछ महिलाओं में बहुत नाजुक होती है और किसी व्यायाम अथवा वर्जिश के कारण टूट सकती है, या शायद ऐसा हुआ हो कि वह उतनी मजबूत न रही हो कि पता लग सके। मैं संशयपूर्वक रुका।

वह व्यक्ति मानने को तैयार नहीं था, मुझे कोई शक नहीं है। पर मैं उसे माफ करने को तैयार हूँ। उसने अपने हाथों से एक उदार इशारा किया। मैं चाहता हूँ कि आप इसकी योनि की झिल्ली को पहले जैसा बना दें। आपको इसकी शल्य चिकित्सा करनी होगी। क्या? मैं अपने को रोक नहीं पाया, मेरा कठोर ऊपरी होंठ, जो एक सज्जन चिकित्सक की पहचान होते हैं, टुकड़े-टुकड़े हो गया। मैंने अपने दिमाग में चीजों को बमुश्किल व्यवस्थित किया। मैंने बहुत सावधानी से अपने शब्दों को तौलकर बोला, 'कौमार्य सिर्फ एक विचार है, मुझे तुम्हारे द्वारा इसको इतना अधिक महत्त्व देने पर कोई आपत्ति नहीं है। यह बात कि उसने तुमसे कहा कि शादी के पहले उसका कौमार्य भंग नहीं हुआ है तुम्हारे लिए काफी होनी चाहिए। एक अप्राकृतिक योनि की झिल्ली कैसे असली की जगह ले सकती है? "मैं वह संतुष्टि चाहता हूँ।" उस आदमी ने एक भद्दी सी हँसी के साथ कहा। "तुम्हें वह नहीं मिलेगा। कम-से-कम मेरे हाथों से तो नहीं।" मैंने कहा।

"क्या मतलब है आपका।"

"मैं यह नहीं करूँगा, बस इतना ही। आप किसी और का परामर्श लेने के लिए स्वतंत्र है।" मैं अडिग था।

उसकी आँखें बाहर आ गईं और उसका चेहरा लाल हो गया। मैंने अपने को आनेवाले शारीरिक हमले के लिए मानसिक रूप से खुद को तैयार करते हुए शांति से उसकी तरफ देखा। वह बड़बड़ाता हुआ लड़की के साथ कमरे से बाहर चला गया। मैं उसके पीछे बाहर तक गया और सुगुणन को देखा, जवान बाह्य रोगी विभाग का नर्सिंग सहायक, जो उनकी जाती हुई पीठ को देख रहा था। "मैं उसे जानता हूँ," उसने

खोए हुए दिमाग से कहा, "वह नंदिनी है, मेरी पड़ोसन। वह एक अच्छी लड़की है। मैं उसके विवाह में् शामिल हुआ था।" उसके पास इतनी समझ थी कि उसने उनके आने का कारण नहीं पूछा।

अगले दिन मैं उसे बाह्य रोगी विभाग में अकेले इंतजार करता देखकर चकित हुआ। उसकी आँखें सूजी हुई और फूली हुई थीं। "कृपया सर्जरी कर दीजिए, डॉक्टर।" उसने याचनापूर्वक कहा, "नहीं, तो मेरा जीवन बरबाद हो जाएगा।"

यह कष्टप्रद था। यह उन मुश्किल परिस्थितियों में था, जहाँ मैं उसके लिए दु:खी था, अब जबकि वह सर्जरी नहीं कर सकता था, जिसमें मेरा खुद का भरोसा नहीं था। मैं अपने आपको एकदम निचुड़ा हुआ सा महसूस कर रहा था।

वह रोते हुए मेरे कमरे से बाहर निकली। मैंने हाइमनोप्लास्टी के उसके निवेदन को ठुकरा दिया था।

सुगुणन दरवाजे के बाहर खड़ा था, उसको रोते हुए देखकर सदमे में आ गया। मैंने देखा, नंदिनी ने आँसुओं में भीगी एक कमजोर मुसकान से उसकी ओर देखा। उसने मेरी ओर प्रश्नवाचक निगाह से देखा।

"क्या वह तुम्हारी दोस्त है?" मैंने पूछा।

उसने सिर हिलाया।

"वह थोड़ी परेशानी में है। तुम क्यों नहीं जाकर उससे बात करते?" मैंने एक झटके में उससे कहा।

सुगुणन उसके पीछे दौड़ा।

मैंने अपने अगले मरीज को आवाज दी। ये एक दंपती थे। आदमी देखने में पढ़ा-लिखा और स्थूल था तथा नवयुवती साँवली एवं आकर्षक लग रही थी। उसकी सूजी हुई आँखें और सामान्य आचरण बता रहा था कि वह जल्दी में ही रोई थी।

"एक और आफत!" मैंने सोचा।

मेरे पास आम तौर पर रोनेवाली औरतों की बाढ़ रहती थी। हर

उस आदमी की तरह, जिसे मर्दानगी का रोग था, आँसू मुझे बहुत विचलित करते थे। मेरे मन में किसी भी रोती हुई महिला को देखकर तुरंत अगले जिले में भाग जाने का खयाल आता था। पर शायद यह भी करों, तालिका और ऊबाऊ पुरुषों की तरह ही अवश्यंभावी था। मुझे अचानक ही उन सभी पुरुषों के प्रति क्रोध आया, जो महिलाओं को रुलाते थे। पुरुष यह क्यों नहीं समझते कि महिलाएँ खूबसूरत और नाजुक होती हैं तथा उनके साथ कोमलता से पेश आना चाहिए? क्यों औरतों के साथ अधिकाधिक मृदुता एवं सज्जनता का व्यवहार नहीं किया जा सकता? मैंने अपनी सुविधानुसार अपनी उन सभी गलतियों को नजरअंदाज कर दिया, जिनमें मैंने अपने साथ जुड़ी कई महिलाओं को अपने जीवन के कई हिस्सों में रोने के लिए मजबूर किया था।

मैंने उस आदमी पर दुःख भरी नजर डाली, ''क्या बात है? मैं कैसे आपकी मदद कर सकता हूँ?'' उस आदमी ने अपना गला साफ किया, ''अ···इसकी नाक ठीक नहीं है। इसे बड़ी नाक चाहिए।'' मैंने उसकी छोटी सीधी नाक की तरफ देखा, कोई इससे बेहतर नाक के बारे में सोच भी नहीं सकता था। असलियत तो यह थी कि कोई इससे बढ़िया चेहरे के बारे में भी नहीं सोच सकता था।

''मुझे लगता है कि नाक बिल्कुल ठीक है, इसको और बेहतर बनाना कठिन है। मुझे ठीक से बताइए कि इसके साथ क्या समस्या है?'' मैंने सावधानी से पूछा। मैं नाक की सर्जरी के बारे मैं काफी एहतियात बरतता हूँ। बरतना ही पड़ता है, खास तौर पर तब जब शिकायत अस्पष्ट हो और खराबी छोटी हो या हो ही न। और-तो-और, हमारे पेशेवर समुदाय में एक शहरी मिथक भी था कि आज तक नाक की सर्जरी से असंतुष्ट मरीज लगभग सात शल्य चिकित्सकों की हत्या कर चुके हैं। मैं आठवाँ नहीं बनना चाहता था।

''ठीक है, छोड़ दीजिए। क्या आप ठुड्डी का कुछ कर सकते हैं? क्या आपको नहीं लगता कि एक छोटी ठुड्डी इसके चेहरे को और

बराबर कर देगी? मुझे भय है कि," मैं तब तक अपना आपा खो चुका था। "क्या आप यह सब चाहते हैं? वह क्यों नहीं बोलती? क्या आपने, उसे मेरे पास आने के लिए मजबूर किया है? किसलिए?" मैं लगभग चिल्लाया।

"नहीं, डॉक्टर मैं सर्जरी चाहती हूँ," लड़की ने पहली बार कुछ कहा।

"तुम वास्तव में क्या चाहती हो?"

"मेरा चेहरा पूरा गलत है," उसने जबाव दिया।

"मुझे यह पता होना चाहिए कि तुम आखिर किस चीज से परेशान हो, वरना मैं तुम्हारी मदद नहीं कर पाऊँगा।"

"मेरी आँखें, भौंहें, नाक और ठुड्डी। सब खराब हैं। मैं अपने चेहरे की लंबाई से भी नाखुश हूँ। मैं चाँद सा चेहरा चाहती हूँ। नाक और ठुड्डी भी बदलने पड़ेंगे।" वह निराश लग रही थी।

कुछ मानसिक अवस्थाओं में ऐसा होता है। पर यह जवान आदमी क्यों इसका साथ दे रहा था? तभी, यह सच मेरे दिमाग में कौंधा और मैंने लड़की से सवाल किया, "तुम नहीं चाहती कि लोग तुम्हें पहचानें, इसलिए तुम अपना चेहरा बदलना चाहती हो? क्या मैं पूछ सकता हूँ क्यों?"

उनके चेहरे देखकर यह लग रहा था कि जैसे वे पकड़े गए हों! मुझे जल्दी ही एक विलक्षण कहानी सुनने को मिली।

मैरी के एक बीमार पिता थे और एक भाई, जिसका कॉलेज में दाखिला कराना था। उसने उसके लिए वेश्यावृत्ति का रास्ता चुना और एक साल में ही कई पैसेवाले ग्राहक बना लिये। उसी समय सुनील भी उसके पास आया। इसने उसको पहली बार देखा था। सुनील को उससे प्यार हो गया और वह उससे शादी करना चाहता था। पर वह एक वाहन चालक था और सुनील के कई दोस्त तथा शहरवाले मैरी के बारे में जानते थे। वह अपने अंधकारमय अतीत में कैद हो गई थी। वह सुनील

से शादी करने के लिए कोई भी बलिदान देने को तैयार थी। वह भी उससे प्यार करता था, पर एक वेश्या से शादी करने से होनेवाली बदनामी वह कैसे झेलता? यह उनकी दुविधा का सार था। और उनके विचार में, मैं इसका उत्तम हल था। ''मैं सर्जरी तो नहीं कर सकता, पर देखता हूँ कि मैं तुम्हारे लिए क्या कर सकता हूँ,'' मैंने कहा। मैंने अपना फोन निकाला और संदीप का नंबर मिलाया। वह मेरे करीबी मित्रों में था और चिकित्सा विद्यालय के समय से मेरे साथ था। अब उसकी दुबई और आबूधाबी में अस्पतालों की एक शृंखला थी।

थोड़ी इधर-उधर की बातों के बाद मैंने संदीप से पूछा कि क्या उसे अपनी किसी एंबुलेंस के लिए एक चालक की आवश्यकता है?

एक साल बाद मैं संदीप से मिलने दुबई गया तो मुझे सुनील और मैरी के घर विशिष्ट अतिथि के रूप में जाने का निमंत्रण मिला। उनका एक छोटा मगर साफ-सुथरा घर था। एक माह की एक छोटी बच्ची पालने में लेटी थी और उसकी गुलाबी पलकें मुँदी हुई थीं। वह सोते हुए मुसकरा रही थी।

''यह तो बड़ी तीव्रता से किया तुमने,'' मैंने सुनील को आँख मारी। ''जैसे आपने हमारी समस्या का समाधान किया, वह भी तो तीव्र था,'' उसने कहा, ''मेरे पास आपके लिए एक बढ़िया चीज है। कोई आपसे अभी मिलने आ रहा है।''

दरवाजे की घंटी बजी और मेरा पुराना नर्सिंग सहायक सुगुणन अंदर आया। वह छह महीने पहले भारत छोड़कर दुबई आया था और मुझसे एक अनुशंसा पत्र लिया था, ताकि संदीप से नौकरी माँग सके। मैं उसे देखकर चकित नहीं हुआ, पर मैं उसके बगल में नंदिनी को खड़ी देखकर वास्तव में आश्चर्यचकित रह गया। वह उसकी बाँहों में थी। मुझे नंदिनी उसकी अजीब माँग की वजह से अच्छी तरह से याद थी।

''हम भाग आए,'' सुगुणन ने बताया, ''इसने तलाक की अर्जी दी है।''

सुनील के घर से लौटते वक्त मैंने विचार किया कि दुनिया के रास्ते कितने अजीब हैं! मैंने कुँवारियों और पूर्व वेश्याओं के बारे में सोचा तथा फिर पुरुषों और उनके विभिन्न दृष्टिकोणों के बारे में सोचा। फिर मैंने इत्तेफाकों के बारे में सोचा कि क्या वे ऊपरवाले के रहस्यपूर्ण तरीके थे? जिस दिन मैं अस्पताल वापस पहुँचा, अस्पताल का प्रबंधक पुनीत मुझसे मिलने आया। "हमें पता है कि आप एक अच्छे चिकित्सक हैं, पर आपका कनवर्जन रेट कुछ अच्छा नहीं है?" उसने कहा। कनवर्जन रेट अस्पताल के वाणिज्य में इस्तेमाल होनेवाली एक शब्दावली है। इसका अर्थ है कि आपके पास परामर्श लेने आनेवाले मरीजों में कितनों ने कोई सर्जरी या अन्य प्रक्रिया करवाई, जिससे अस्पताल का मुनाफा बढ़ा।

मैंने जवाब दिया, "वजन घटाने की सर्जरी अस्पताल के लिए पचास हजार रुपए।" उसने मुझे प्रश्नवाचक निगाहों से देखा, "नाक की सर्जरी। साठ हजार रुपए।"

मैं अपनी बात का प्रभाव बढ़ाने के लिए रुका और वह मुझे घूरता रहा।

"एक गलत प्रक्रिया को मना करने की कीमत। अनमोल!"

□

पिताजी का पढ़नेवाला चश्मा

—विभा लोहानी

पिताजी के पास लगभग पचास वर्ष से ऊपर के लगभग हर सरकारी कर्मचारी की ही तरह दो चश्मे थे। एक पढ़ने के लिए और एक दूर की चीजें देखने के लिए। अस्सी के दशक का यही चलन था, क्योंकि वास्तव में उनके पास और कोई चारा नहीं था।

मेरा परिवार मेरी किशोरावस्था के उस विद्रोही दौर को समस्या मानता था और पिताजी का चश्मा उससे भी बड़ी समस्या था, क्योंकि वह उसे मेरे अपना आपा खोने से भी ज्यादा खोते थे। और अंदाजा लगाइए कि उन्हें ढूँढ़ने का जिम्मा किसका था? मेरा, और किसका?

मैं अपने पाँच लोगों के परिवार में सबसे छोटी थी। दादीजी, पिताजी, माँ, एक बड़ी बहन और मैं। ऐसा लगता था, जैसे हर किसी को मुझसे शिकायत थी। दादीजी सोचती थीं कि मैं लड़कियों के हिसाब से कुछ ज्यादा ही चंचल हूँ, माँ सोचती थीं कि मैं बहुत ज्यादा बहस करती हूँ और जहाँ तक मेरी बहन की बात है, तो उसके लिए मेरा होना ही एक समस्या थी। मैं अभागी इस गलत परिवार में फँस गई थी। केवल एक व्यक्ति को मुझसे कोई समस्या नहीं थी, वे थे मेरे पिताजी। इसलिए मुझे उनका कहा कोई भी काम करने में कोई दिक्कत नहीं होती थी। चाहे वह काम बारंबार उनका पढ़नेवाला चश्मा ढूँढ़ना ही क्यों न हो!

पिताजी दावा करते थे कि मैं ही वह विशेषज्ञ थी, जो उनका

चश्मा ढूँढ़ने में सक्षम थी और मैं मन-ही-मन अपनी इस कला पर गर्व करती थी।

गरमी की छुट्टियों की एक सुबह इस बात को लेकर कि किसका पलंग खिड़की के नजदीक रहेगा, एक बड़ा झगड़ा हुआ। हम कई बार अपने कमरे को पुनर्व्यवस्थित करते थे और वह फिल्म के कलाकारों के पोस्टरों और मजेदार वाक्यों से पटा हुआ था। हमारे चीखने की आवाजें सुनकर माँ हमारे कमरे में आई और हमें डाँटना शुरू कर दिया। अचानक पिताजी की आवाज आई, ''विभा, मुझे मेरे पढ़नेवाला चश्मा नहीं मिल रहा है। यहाँ आओ और उसे ढूँढ़ने में मेरी मदद करो।''

माँ एक पल को रुकी और कहा, ''जाओ पिताजी का चश्मा ढूँढ़ो, नहीं तो उनको दफ्तर जाने में देर हो जाएगी।''

मैं कमरे से बाहर निकली और यूँ ही बुदबुदाते हुए सीढ़ियों से नीचे की ओर दौड़ पड़ी, ''जब किसी को कुछ काम पड़ता है, तो मुझे ही करना पड़ता है। पर जब मुझे कुछ चाहिए होता है, तो मुझे समझौता करना पड़ता है। सिर्फ इसके लिए कि दीदी की परीक्षाएँ हैं, मुझसे उसके साथ हर मुद्दे पर समझौता करने की अपेक्षा रखी जाती है। खिड़की के नजदीक सोने से परीक्षाओं का क्या लेना-देना?''

जब तक मेरा बड़बड़ाना खत्म हुआ, मैं पिताजी के सामने खड़ी थी। उन्होंने अखबार से नजरें उठाईं और कहा, ''मुझे मेरा चश्मा नहीं मिल रहा है।'' मैंने उनकी ओर देखा और अपने क्रोध के बावजूद मुसकराई और कहा, ''वे आपकी नाक पर आराम फरमा रहे हैं, पापा।''

''यह मेरा दूर देखनेवाला चश्मा है। मुझे नहीं पता मैंने पढ़नेवाला चश्मा कहाँ रख दिया है।'' पिताजी ने कहा।

मुझे जासूसी कहानियाँ पढ़ना बहुत पसंद था और मैंने बिल्कुल अगाथा क्रिस्टी की तरह सवाल किया, ''आपने आखिरी बार अपना चश्मा कहाँ देखा था और उस समय आप क्या कर रहे थे?''

पिताजी ने थोड़ा विचार किया और जवाब दिया, ''मैं बरामदे में

चश्मे की दोनों जोड़ियों की सफाई कर रहा था।''

मैंने सिकुड़ी हुई आँखों और टेढ़े मुँह के साथ एक ऐंठन भरी मुद्रा बनाई (मेरा मानना था कि गुनाहों की गुत्थी सुलझाते वक्त जासूस इसी प्रकार की मुद्राओं में सोचते थे) और फिर घोषणा की, ''आपने निश्चय ही अपने दूर के चश्मे की जगह पढ़नेवाले चश्मे को कार में रख दिया होगा। मुझे कार की चाभियाँ दीजिए और मैं आपके लिए वह लेकर आती हूँ।''

पिताजी ने मेरी आज्ञा का पालन करते हुए मुझे चाबियाँ दे दीं और मैं वहीं से उनका चश्मा लेकर आई, जहाँ से मैंने कहा था। ''जियो!'' पिताजी ने मेरी पीठ थपथपाई और कहा, ''मुझे नहीं पता कि तुमने कैसे उन्हें ढूँढ़ लिया? मुझे यकीन है कि तुम्हें बुलाने से पहले मैंने उसे वहाँ ढूँढ़ा था।''

मैं मुसकराई।

माँ रसोईघर में थी, सो मैं चुपचाप अपने कमरे में चली गई, अपनी बहन के साथ अपने युद्ध को परिणति तक पहुँचाने के लिए। पर वह झगड़े को जारी रखने की इच्छुक नहीं थी। अब दोनों पलंग दीवार के सहारे लगे हुए थे और पढ़ाई की मेज खिड़की के पास। साथ ही मोटे परदे लगे हुए थे।

दिन गुजरते गए और पिताजी के चश्मों को ढूँढ़ने का हर अभियान और व्यापक होता गया। कभी वे मुझे दादी की दवाइयों के दराज में मिलते थे, जहाँ पिताजी दादीजी की दवाइयों के खत्म होने की तिथि देखने के बाद उन्हें छोड़ देते थे, कभी वे अखबारों की अलमारी में मिलते थे, कभी वॉशबेसिन के पास, कभी फ्रिज के ऊपर और कभी-कभी तो उसके अंदर भी।

मेरे पिताजी एक अत्यंत व्यवस्थित व्यक्ति थे और हर चीज को उसकी उचित जगह पर रखने के बारे में दृढ, पर उनके चश्मे इसका अपवाद थे। वे उन्हें इतनी बार खोते थे कि माँ ने एक दिन चश्मे की

डंडियों में डोर बाँध दी, जिससे पिताजी उन्हें अपने गले में लटका सकें। यह व्यवस्था एक सप्ताह या दस दिन तक चली, जिसके बाद पिताजी के लगातार खींचने और छेड़ने से वह डोर टूट गई और उन्होंने उसी शाम अपना चश्मा फिर खो दिया।

वक्त गुजरता गया और एक रविवार, माँ को मेरी मदद की जरूरत थी। चूँकि मेरी बहन तब तक कॉलेज में चली गई थी और दूसरे शहर में रह रही थी। घर के हर काम में मुझे ही हाथ बँटाना पड़ता था।

पर मैं किताबी कीड़ा भी थी। मैंने स्कूल के पुस्तकालय से पोयरो की एक पुस्तक ली थी, जो मैं अभी तक पढ़ नहीं पाई थी। उसे अगले दिन ही लौटाना था। तो पढ़ने की गृहकार्य से अधिक महत्ता हो गई और जब माँ ने मुझे मदद के लिए बुलाया, तो मैं चिल्लाई, ''माँ गृहकार्य कर रही हूँ।''

वे आईं और मुझे डाँटना शुरू कर दिया। तुरंत ही मैंने उनसे बहस शुरू कर दी कि किस तरह मुझसे इस घर में बंधुआ मजदूरों जैसा बरताव किया जा रहा था? यह रविवार का आखिरी सीन होनेवाला था कि तभी पिताजी ने आवाज दी, ''विभा, मुझे मेरा पढ़नेवाला चश्मा नहीं मिल रहा है। यहाँ आओ और उसे ढूँढ़ने में मेरी मदद करो।''

इससे पहले माँ कुछ कह पाती, मैं एक आज्ञाकारी बेटी की तरह पिताजी के पास जल्दी से चली गई। मेरे पिताजी को मेरी जरूरत थी और मुझे खुद को अपनी माँ की डाँट से बचने की।

एक बार फिर मैंने उनके साथ पूछताछ का सत्र आरंभ किया, ''आप इससे पहले कहाँ थे, पापा! आपने आखिरी बार अपना चश्मा कब इस्तेमाल किया था?''

अंततः मैंने उनका चश्मा पूजाघर में पाया। जहाँ वह गणपतिजी के चरणों में विश्राम कर रहा था।

कभी-कभी मुझे लगता था कि चश्मे के जादुई पाँव थे, जिससे वह भिन्न-भिन्न प्रकार की विचित्र जगहों की सैर को निकल जाता था।

पर मुझे एक बात का विश्वास था। केवल मैं ही उसे ढूँढ़ सकती थी। इस बात का कभी मुझे आभास ही नहीं हुआ कि केवल मुझे ही उसे ढूँढ़ने के लिए कहा जाता था।

दो साल तेजी से निकल गए और अब मेरी बारी थी कॉलेज में दाखिले के लिए दूसरे शहर जाने की। मैं बहुत रोमांचित थी और उत्सुकता से आनेवाले दिनों का इंतजार कर रही थी। मेरी एकमात्र चिंता इस बात को लेकर थी कि अब पिताजी किस तरह अपने पढ़नेवाले चश्मे को बिना मेरी मदद के ढूँढ़ पाएँगे?

जब तक मैंने स्नातक की पढ़ाई पूरी की, पिताजी का भी तबादला उसी शहर में हो गया। दादीजी का तब तक देहांत हो चुका था और दीदी का विवाह, इसलिए केवल मेरे माता-पिता को जगह बदलनी पड़ी। वे खुश थे कि कम-से-कम उनका एक बच्चा तो उनके पास था और मैं दुबारा घर के आराम को पाकर खुश थी। शुरुआत में यह खुशनुमा था और फिर जिंदगी जीने का एक तरीका बन गया। माँ के साथ छोटी-मोटी खट-पट चलती रहती थी। वे लगातार मेरे खाने को लेकर बहुत नखरीले होने की शिकायत करती रहती थीं, और फिर थे पिताजी, जो अब तक अपना चश्मा खोते रहते थे, अब तो उनका चश्मा तुरंत ढूँढ़ना पड़ता था, क्योंकि अब उनके पास दूर और पास की नजर के लिए केवल एक ही चश्मा था।

तो मैं फिर अपने पुराने काम यानी पिताजी के चश्मे की तलाश में जुट गई। माँ एक शिक्षिका थीं और वह भी काफी लंबे वक्त से पढ़ने के लिए चश्मे का इस्तेमाल करती थीं, पर उन्होंने कभी उन्हें नहीं खोया। मुझे याद है, एक बार जब माँ का चश्मा खोया था, वह भी इस वजह से कि पिताजी ने उन्हें अपना चश्मा समझ लिया था और कुछ देर पहने रहने के बाद कहीं खो दिया था।

मैं एक विद्रोही किशोर से एक कामकाज़ी वयस्क बन गई थी। मुझे प्रबंधन की डिग्री के बाद वास्तव में नौकरी मिल गई थी। जिंदगी

इतनी व्यस्त हो गई थी कि कई बार तो मैं घर सिर्फ खाना खाने और सोने के लिए आती थी। मेरे खुद के लिए शायद ही कोई वक्त मिलता था और जो मिलता भी था, उसे मैं ज्यादातर सोकर गुजार देती थी।

माता-पिता ने मुझे आराम की अहमियत समझाने की कोशिश की पर जब आप उम्र के बीसवें वर्ष के पहले सालों में होते हैं, तब आपको लगता है कि आप दुनिया जीत सकते हैं। जल्दी ही चिंता ने मेरे स्वास्थ्य को प्रभावित करना शुरू कर दिया।

यह फिर से किशोरावस्था में जाने जैसा था। मैं हमेशा खीझी हुई और चिड़चिड़ाती रहती थी। छोटी-छोटी बातों पर मेरा पारा चढ़ जाता था और कभी-कभी बिना किसी बात के ही।

मैं दफ्तर में अपने आप को संयमित रखती थी, पर मैं ऐसा ज्यादा वक्त तक नहीं कर पाई। चिंता मेरे चेहरे पर साफ दिखने लगी कि मेरे माता-पिता चिंतित हो गए। पर फिर भी मैं रुककर अपनी जीवन शैली पर विचार करने को राजी नहीं थी।

एक रोज मैं अकारण अपनी माँ से किसी बात पर झगड़ रही थी। मुझे अब वह बात याद भी नहीं है। तभी पिताजी ने एक लंबे अरसे बाद मुझे फिर उन्हीं शब्दों के साथ पुकारा, ''विभा, मुझे मेरे पढ़ने का चश्मा नहीं मिल रहा है, यहाँ आओ और उसे ढूँढ़ने में मेरी मदद करो।''

मैं मुसकराई। मैं अब तक उस पुकार का अर्थ समझ चुकी थी। गुस्से का प्रबंधन करना कॉरपोरेट जगत् का एक बड़ा जुमला लगता था, पर पिताजी ने एक सरल उपाय से इसे काबू में करने में मेरी मदद की थी। जब मेरा गुस्सा हद से बढ़ने लगता था, तब मुझे सिर्फ उनका पढ़नेवाला चश्मा ढूँढ़ना होता था।

□

आग्नेया

—राजेश पोप्पोटे

वह एक खुशनुमा शुक्रवार की शाम थी। जब उसके पिता दफ्तर से लौटे और उसे हॉल में नहीं देखा तो उन्होंने पूछा, ''आगी कहाँ है?''

कोई नहीं बोला। वहाँ सिर्फ सन्नाटा था। उसकी माँ के चेहरे ने सबकुछ बयाँ कर दिया। कोई गंभीर घटना घटित हुई थी।

चिंतातुर वे घर की ओर दौड़े और अंततः अपनी बेटी को शयनकक्ष के कोने में बैठी हुई पाया। उसके चेहरे पर बने निशान यह बता रहे थे कि उसे मार पड़ी है। जैसे ही उसने अपने पिता को देखा, आगी की आँखें आँसुओं से भर आईं। उन्हें अपने हृदय में कुछ टूटता हुआ महसूस हुआ। उन्होंने उसे अपने सीने से चिपका लिया। उन्होंने उसका माथा चूमा। इससे उसे कुछ राहत मिलती महसूस हुई।

वह अपनी पत्नी के बरताव पर आगबबूला थे। उन्होंने आगी से कहा कि वे अभी वापस आते हैं और अपनी पत्नी से बात करने चले गए, ''यह क्या बेहूदापन है?'' उन्होंने पूछा, ''तुम ऐसा कैसे…?''

फिर वहाँ एक जिद्दी सन्नाटा पसर गया। यह उनके घर पर आम बात थी। उनकी पत्नी उन्हें कभी नहीं बताती थी कि क्या चल रहा है। पर वे इस बार नहीं माननेवाले थे। उन्हें उस सन्नाटे को तोड़ना था।

वे रसोईघर में गए और स्टील की एक तश्तरी को जान-बूझकर

जमीन पर पटक दिया। तश्तरी उछली और दीवार से टकराकर एक जोरदार आवाज की।

तुरंत ही उनकी पत्नी ने गुस्से में जवाब दिया, ''क्या तुम्हें पता है, तुम्हारी प्यारी बेटी ने क्या किया है? उसने कक्षा में एक लड़के को ऐसा मारा कि उसकी आँखों की रोशनी जाते-जाते बची। वह अब अस्पताल में है। शुक्र है कि वह अब सुरक्षित है। अगर उसे कुछ हो जाता तो क्या होता? इसे स्कूल से निकाल दिया जाता।''

एक पिता के रूप में वे इस बात पर विश्वास नहीं कर पा रहे थे। वे जानते थे कि आगी थोड़ी शैतान है। पर वह जान-बूझकर किसी को नुकसान नहीं पहुँचा सकती थी, बिल्कुल नहीं?

आग्नेया, यह उसका नाम था। पर सब उसे 'आगी' बुलाते थे। उनके घर उसका जन्म बहुत कोशिशों और मन्नतों के बाद हुआ था। वह अपने आस-पास के लोगों से असीम प्यार पाकर बड़ी हुई थी। आठ साल की उस बच्ची ने अभी से हर किसी का मन अपने शब्दों और विचारों से जीत लिया था। वह बड़े ही मजाकिया और भावपूर्ण तरीके से अपने स्कूल के घटनाक्रमों का वर्णन करती थी। उसके बच्चों से लेकर बूढ़ों तक कई दोस्त थे। वह उस सूर्य की तरह थी, जो बादलों के बीच चमकता है, वह हवा, जो बरसात की पहली फुहार के बाद चलती है। वह उनकी प्यारी आगी थी।

शब्द कभी उसको वर्णित नहीं कर सकते थे। उसको जानने के लिए उससे मिलकर बात करने की जरूरत थी। उसके पिता ने सोचा कि वह गुलाबी पोशाक में कितनी प्यारी लगती है और वे अपनी मुसकान रोक नहीं पाए। वह हर किसी की चहेती थी, पर वह अपने पिता की सबसे ज्यादा चहेती थी। वे पिता नहीं बल्कि मित्रवत् व्यवहार करते थे।

उसके पिता ने निर्णय किया कि उसकी गलती नहीं थी। उन्होंने शांत होने का प्रयत्न किया। वह लड़का और उसका परिवार भी कष्ट में होंगे, उन्होंने सोचा। कारण चाहे जो भी हो, पर आगी को उसे इस तरह

से चोट नहीं पहुँचानी चाहिए थी। उनका दिमाग इस घटना का कारण तलाशता रहा। अंततः उन्होंने उससे बात करने और उसे कुछ सलाह देने का फैसला किया।

वे धीरे से उसके पास बैठे और उसके सिर पर प्यार से हाथ फिराया, ''प्रिय, क्या हुआ था? तूने उस लड़के को चोट क्यों पहुँचाई?''

रोते हुए उसने जवाब दिया, ''डैडी, उसने मेरे कपड़े खींचे।''

''इसलिए तुमने उसे मारा।''

उसने जवाब देने में कुछ समय लगाया, ''मैं खेल रही थी और वह लड़का अचानक मेरे पास आया और मेरे कपड़े खींचे। मैंने उसे धक्का देकर हटाने की कोशिश की। मेरे हाथ में पेंसिल थी और उसका नुकीला हिस्सा उसकी भौंहों पर जोर से लग गया।''

हालाँकि वह रो रही थी पर उसका जवाब उचित लग रहा था। यह घटना बहुत सामान्य लग रही थी, वैसी घटना किन्हीं भी दो बच्चों के बीच खेलते हुए हो सकती थी। पर छोटी आगी ने इस घटना के लिए माफी नहीं माँगी और उसके पिता को इस बात पर आश्चर्य हुआ।

वह उसे घर के पास के एक पार्क में ले गए और दोनों लोहे की एक बेंच पर बैठ गए। उनके आस-पास बहुत से बच्चे खेल रहे थे। उन्होंने काफी देर तक कुछ नहीं बोला। आगी के आँसू सूख गए थे और उनके निशान उसके गालों पर रह गए थे। उसके बाल बिखरे हुए थे और सुबह से उनमें कंघी नहीं की गई थी। वे उसे महसूस नहीं कराना चाहते थे, इसलिए वे चुपचाप उसके साथ बैठे रहे? पेड़ों पर पत्ते भी नहीं हिल रहे थे, मानो वे भी आगी की बात सुनना चाहते थे।

काफी वक्त के बाद, उन्होंने उसकी ठंडी हथेली अपने हाथों में ली। उसने अपनी आँखें बंद की और उनका सहारा लेकर बैठ गई। वह सुरक्षित महसूस कर रही थी। उसकी खामोशी उन्हें और परेशान कर रही थी। अंततः उन्होंने उससे पूछा, ''क्या तुम जाकर और बच्चों के साथ खेलना चाहती हो?''

कुछ देर तक वह ठहरी। फिर उसने 'न' में सिर हिलाया।

"प्रिय, यह सब चीजें तो होंगी ही, जब तुम अपने दोस्तों के साथ खेलोगी। पर तुमने उसे धकियाया और मारा क्यों? तुम्हें अपने शिक्षक के पास जाकर उन्हें बताना चाहिए था। अगर तुमने उसकी आँख फोड़ दी होती तो क्या होता? तुम उसके बाद कभी स्कूल नहीं जा पाती। क्या तुम्हें यह पता है? क्या तुम्हें इस बात का कोई अंदाजा है कि वह इस वक्त कितनी तकलीफ में होगा?"

उसका सिर झुका हुआ था, पर मुझे पता था कि वह सुन रही थी। पर फिर भी, उसने कोई प्रतिक्रिया नहीं दी।

"यदि यह और गंभीर होता तो पुलिस आती और तुम्हें जेल ले जाती," वे बोलते रहे, इस उम्मीद में कि वह कोई प्रतिक्रिया देगी।

अब अचानक उसने ऊपर निगाह करके उनकी तरफ देखा, पर उसकी आँखों में कोई भी नहीं था। उन्हें अहसास हुआ कि आजकल एक आठ साल की बच्ची को भी यह मालूम था कि किसी व्यक्ति को किस बात के लिए जेल भेजा जा सकता है और किस बात के लिए नहीं।

वह धीमी आवाज में बोली, "ठीक है डैडी। अब मैं आपको कुछ बताना चाहती हूँ।"

वे इसी पल का इंतजार कर रहे थे, उसके अपनी मन की बात बताने का इंतजार।

उसने उनसे पूछा, "क्या आपने टीवी पर महाभारत देखी है?"

विषय के इस तरह बदलने से वे चकित हो गए। उन्होंने लगभग अपना आपा खो दिया। बमुश्किल उन्होंने खुद पर काबू किया और सिर हिलाया, "हाँ, बिल्कुल।"

"जब दु:शासन ने द्रौपदी चाची की साड़ी खींची तो उन्होंने मदद के लिए पुकारा। पर उनकी मदद करने कोई आगे नहीं आया। भगवान् कृष्ण ने उनकी पुकार सुनी और उनकी मदद की। बाद में कुरुक्षेत्र की लड़ाई के दौरान भीम चाचा ने दु:शासन की बाजुएँ द्रौपदी चाची को

छूने के कारण उखाड़ लीं और उसका सीना चीरकर उसे मार डाला। बाद में उन्होंने दु:शासन चाचा का खून लिया और उसे द्रौपदी चाची के बालों में डालकर अपना बदला पूरा किया।''

''आज मेरी मदद करने के लिए कोई नहीं था तो मैंने खुद अपनी रक्षा करने की कोशिश की। जब उस लड़के ने मेरे कपड़े खींचे तो मेरे अंत:वस्त्र दिखने लगे। कक्षा में सब मेरी ओर देख रहे थे और कुछ तो हँस भी रहे थे। इसी लड़के ने ऐसा पहले मेरी दोस्त रोशनी के साथ किया था। मैं उसे अपनी बेइज्जती क्यों करने देती? यदि आज मैं उसे अपने कपड़े खींचने दूँगी तो कल वह किसी और के कपड़े फाड़ेगा। मैं उसे चोट नहीं पहुँचाना चाहती थी, पर मैं खुद भी चोटिल नहीं होना चाहती थी। जब मैंने अपना बचाव किया तो मेरे हाथों में पेंसिल थी। और वह उसकी आँखों में लग गई। मुझे इस बात का दु:ख है डैडी, पर यह मेरी गलती नहीं थी। उसने इस सबकी शुरुआत की थी। क्या मैंने सचमुच कुछ गलत किया है?''

उन्होंने उसकी आँखों में एक चिनगारी देखी और समझ नहीं पाए कि क्या जवाब दें! उसके जवाब ने उन्हें सोचने पर मजबूर कर दिया था। क्या उन्हें उसके व्यवहार पर गर्व होना चाहिए था?

वे उसकी बातों में कोई कुतर्क खोजना चाहते थे, पर उन्हें कुछ नहीं मिला। उसने उन्हें आत्मसम्मान का एक महत्त्वपूर्ण पाठ पढ़ाया था। उसका महाभारत कम-से-कम उन्हें तो सच ही लगा। कुरुक्षेत्र युद्ध का एक मुख्य कारण द्रौपदी का अपमान था। और उन दिनों अपमान का दंड भयावह मौत थी। आजकल इस तरह की घटनाएँ सुनने को मिल जाती हैं। हर उम्र की महिला के साथ कई तरीकों से दुर्व्यवहार किया जा रहा है। उनके माँ की कोख में होने से लेकर उनके कब्र में जाने तक। क्या सारे मुजरिमों को सजा मिल रही है? क्या हर पीड़ित को न्याय मिल रहा है?

उन्होंने सोचा, हम उसी देश में रहते हैं, जहाँ महापुरुषों ने धर्म के

नाम पर लड़ाई लड़ी, कत्ल किए और मारे गए। यह कहा गया कि जब धर्म में अधर्म बढ़ जाएगा, तो नायकों की एक नई पीढ़ी का जन्म होगा। उसे पुनःस्थापित करने के लिए। राजा द्रुपद के घर द्रौपदी का जन्म वर्षों की पूजा-अर्चना के बाद हुआ था। वे अग्नि में जन्मी थीं। 'आग्नेया' का जन्म भी तमाम कोशिशों और लंबे इंतजार के बाद हुआ था। उसके नाम का अर्थ था, अग्नि की बेटी, शायद उन दोनों में कुछ समानताएँ थीं।

"नए जमाने की लड़कियों की रगों में द्रौपदी का रक्त है," उन्होंने सोचा। जो लोग उन्हें नुकसान पहुँचाने के बारे में सोचते हैं, उन्हें बहुत परेशानी उठानी पड़ेगी। यदि सारी द्रौपदियाँ अपने ऊपर आनेवाले हर खतरे से लड़ने लगेंगी और अपनी सुरक्षा के लिए कदम उठाने लगेंगी, तो सारे दुष्ट पुरुषों तथा महिलाओं को छुपने के लिए जल्द ही जगह ढूँढ़नी पड़ेगी। जो हुआ, वह दुर्भाग्यपूर्ण था, पर अब वह लड़का मजाक में भी किसी लड़की के कपड़ों को हाथ लगाने से पहले दो बार सोचेगा।

□

एक नई शुरुआत

—स्वाहा भट्टाचार्य

किसी और संसार में हम आत्मीय साथी हो सकते थे, पर इस जीवन में तो हमें एक-दूसरे के रास्ते में आना, एक-दूसरे के पैरों को कुचलना, खतरनाक परिस्थितियों का निर्माण करना, अनिच्छापूर्वक एक समझौते पर हस्ताक्षर करना और फिर सब दुबारा शुरू कर देना, यही पसंद था। हम बहनें थीं। वास्तव में हम चचेरी बहनें थीं। पर चूँकि हम एक ही घर में पले-बढ़े थे, ऐसा लगता था मानो हम सगी बहनें हों। हम दोस्त भी थे और जरूरत पड़ने पर एक-दूसरे की पैरवी भी करते थे। हालाँकि अधिकतर समय हम एक-दूसरे का चेहरा भी नहीं देख सकते थे। दीदी स्वच्छंद विचारों की थी, जबकि मैं खुद में ही सीमित रहना पसंद करती थी। सूरज की किरणों में चमचमाती थी, जबकि मैं अपने आस-पास फैले उस मुलायम अँधेरे में सुकून पाती थी, जो मैंने खुद अपने इर्द-गिर्द बनाया था।

मैं हर चीज को बहुत गंभीरता से लेती थी, वह हर गड़बड़ी को ऐसे पार कर जाती थी, जैसे कुछ हुआ ही न हो, कुछ भी नहीं। उसकी चपलता और जिंदादिली मेरे बार-बार आनेवाले दुःखी दिनों को सामान्य से अधिक दुःखी बना देती थी। उसका हर दिन एक बड़े जश्न की तरह देखना मुझे बहुत नागवार गुजरता था। हम नब्बे के दशक की पैदाइश थे और जाने-अनजाने में उस संसार के बचे हुए कतरों को सँजोकर रख

लेना चाहते थे। जो बहुत तेजी से फिसलता जा रहा था। हमने कलकत्ता का मानसून एक साथ गुजारा—लेक मार्केट की गलियों में टहलते हुए और अपनी जड़ों को तलाशते हुए। हम हमेशा झगड़ते रहते थे, पर अपने निजी स्वार्थों के कारण हम एक-दूसरे को बरदाश्त करते थे। दीदी मेरा बहाना बनाकर घर में देर से आती थी। और मैं उसका सहारा लेकर अपने माता-पिता को चकमा देती थी। उस मुझे पहली बार नाइट क्लब 'तंत्र' दिखाया। मेरी पहली और एकमात्र जिमी चूस की जोड़ी दिलाई और मेरे बालों के साथ हुए हर दुःखद प्रयोग में और दर्द भरे टैटू बनवाने के सत्रों में मेरे साथ बैठी रही।

हम विशिष्ट नहीं थे। हम बस दो साधारण लड़कियाँ थीं जो शहर में बड़ी हो रही थीं और सावधानीपूर्वक लड़कपन तथा किशोरावस्था के रास्ते तय कर रही थी। यदि किसी ने मुझसे कभी यह कहा होता कि मेरे साथ रहनेवाली, लहराते बालों, मोटे चश्मे और तार से बँधे दाँतोंवाली लड़की के पास कोई विलक्षण कहानी होगी, तो मैंने उसका उपहास किया होता और हँसी होती। उस पूरे दिन दीदी को लगातार किसी-न-किसी से डाँट पड़ती रही, कभी काहिलियत के लिए तो कभी कक्षाओं से बिना बताए गोल हो जाने के लिए। रात को वह सबकी समस्याएँ बाँटनेवाली चाची में तब्दील हो जाती थी और उसके पास हैरान-परेशान दोस्तों के फोन की बाढ़ आ जाती थी। उसकी बातें सुबह तक चला करती थीं। मैं मध्य रात्रि में फोन की घंटी की आवाज सुनकर जग जाती थी और दीदी फोन के रिसीवर में धीरे से फुसफुसाती थी, ताकि मैं जग न जाऊँ "अच्छा," वह कहती, "ठीक है, तुम कुछ और कर सकते हो नहीं मुझे नहीं लगता कि आत्महत्या करने से कोई फायदा होगा...नहीं, नहीं, कभी नहीं।"

हमारा आठ लोगों का परिवार था और हम मनोहर पुकुर रोड पर रहते थे। जैसा कि संयुक्त परिवारों में आम तौर पर होता है, मुझे और मेरी दीदी को हमारी माँओं ने एक साथ पाला था। वास्तव में वह कई

बार मेरी माँ के पास उन कार्यों को करने की आज्ञा माँगने आती थी, जिनके बारे में उसे पता था कि उनकी माँ कभी हाँ में जवाब नहीं देंगी। मेरी माँ हर बहस में दीदी का ही साथ देती थीं। मुझे लगता है दीदी ने मेरी माँ के सामने वह बात बताई। वह निर्णय गलत साबित हुआ। तुरंत ही आसमान सिर पर टूट पड़ा।

यह सब एक औपचारिक मुलाकात के साथ शुरू हुआ था। एक रविवार को दीदी ने अपने पुराने मित्रों में से एक प्रीति को फोन लगाया और मिलने के लिए वक्त तय किया। मैं लौटते वक्त प्रिया सिनेमा हॉल में नई बॉलीवुड फिल्म देखने की आशा में उसके साथ लग ली। जब हम प्रीति के घर पहुँचे, वह बहुत उदास दिखी। इसका कारण उसका पड़ोसी था, उसने बताया। दीदी ने पड़ोसी की भावनाओं के बारे में एक तीखी टिप्पणी करने के लिए मुँह खोला ही था कि दरवाजे के आर-पार पड़ती एक छाया ने उसे चुप रहने पर विवश कर दिया।

एक छोटी बच्ची दरवाजे के पीछे से झाँक रही थी। वह शरमा रही थी और अंदर आने से डर रही थी। प्रीति ने उसे खेल-खेल में बाँहों में उठा लिया। वह छोटी गुड़िया दीया है, उसने कहा कि वह बाजूवाले घर में अपने पिता के साथ रहती है।

छह वर्ष की दीया ने ताली बजाई और एक बहुत ही मनमोहक मुसकान बिखेरी। वह एक गोल-मटोल मासूम चेहरेवाली परी सी दिखती थी। उसके माथे पर घने घुँघराले बाल बिखरे हुए थे और गालों में गड्ढे पड़ते थे।

पर मैं उसको नहीं देख रही थी। मेरी नजरें दीदी के चेहरों के भावों में उलझकर रह गई थीं। मैंने वे भाव कभी नहीं देखे थे। मैं उनका मतलब नहीं जानती थी। मैं सिर्फ इतना जानती थी कि मेरी बहन इससे पहले कभी भी इतनी खूबसूरत नहीं लगी थी। ऐसा लगता था मानो उसे सारी खुशियों का स्रोत मिल गया था।

हमने प्रीति से दीया की कहानी सुनी। दीया और उसके पिता कई

वर्षों से प्रीति के पड़ोस में रहते थे। लड़की की माँ का देहांत उसे जन्म देते वक्त हो गया था और उनके परिवार में ऐसा और कोई नहीं था जिसका नाम लिया जा सके। उनके पास ज्यादा साधन नहीं थे। बस गुजारा हो जाता था पर वे खुश थे। दीया ने एक साल पहले स्कूल जाना शुरू किया था। एक माह पूर्व उसके पिताजी किसी जानलेवा बीमारी से ग्रसित हो गए थे। वह बीमारी अपने आखिरी चरण में थी और उनका अंत सामने था।

''और उसका क्या?'' दीदी ने एक सीधा सवाल पूछा और अपने होंठ दाँतों से काटे।

प्रीति के पास कोई वास्तविक जवाब नहीं था।

''कोई तो होगा,'' मैंने तर्क दिया। ''कोई दूर का रिश्तेदार, कोई पुराना साथी या उसकी माँ का रिश्तेदार।''

प्रीति ने मुझे बीच में ही रोक दिया, ''वैसे तो कई लोग हैं पर कोई भी इसके पालन-पोषण की जिम्मेदारी नहीं लेना चाहता है। उसके पिता आजकल ज्यादातर घर से बाहर ही रहते हैं। जब काम पर नहीं होते तो अस्पताल में होते हैं। मैं कम-से-कम उनके घर आने तक तो इसकी देखभाल कर ही देती हूँ।''

उस दिन कुछ बदल गया। उसके बाद वक्त के साथ-साथ दीदी का प्रीति के घर आना-जाना भी बढ़ने लगा। मैं फिर उसके साथ कभी नहीं गई। वास्तव में दीदी इतनी व्यस्त हो गई थी कि हमें एक कमरे में रहने के बावजूद भी बात करने के कम ही अवसर मिलते थे। उसने अभी हाल ही में काम करना शुरू किया था, सो मैंने अंदाजा लगाया कि दफ्तर में काम का दबाव उनको बेहद थका देता होगा। पर उनका सामाजिक जीवन से यकायक संन्यास ले लेना किसी बेहद गंभीर बात की ओर इशारा कर रहा था। मुझे पता था कि आखिर में वह मुझे जरूर बताएगी ।

एक शाम वे मेरे कॉलेज से लौटने के पहले ही घर आ चुकी थी।

मुझे आज भी वह दिन सजीव रूप से याद है। हम खिड़की के पास बैठे हुए अपनी छोटी सी बालकनी को देख रहे थे। शाम के सूरज की नर्म किरणें उसके बालों में धारियों सी चमक रही थीं, उनका चेहरा कोमल गुलाबी रोशनी में नहाया हुआ था। यह सब उसे एक अलौकिक आभा प्रदान कर रहा था। मुझे थोड़ी चिंता हुई, क्योंकि दीदी आमतौर पर काम से देर से लौटती थी। वह थोड़ी तनाव में भी लग रही थी, जोकि मैंने शायद ही कभी उसके साथ जुड़े देखा हो, क्योंकि मैंने उसको कभी भी किसी भी चीज के बारे में चिंता करते नहीं देखा था। मुझे असहजता महसूस होने लगी और मैंने उससे पूछा, "क्या हो गया?"

"मुझे कुछ करना है।" वह रूआँसी और कुम्हलाई हुई थी, पर उसकी आवाज में दृढता थी।

"तुम्हें दीया याद है?" उसने पूछा, "वह बच्ची जिससे हम प्रीति के घर पर मिले थे।"

मैं सुनने लगी। मुझे अहसास हुआ कि न तो उसे सलाह की और न ही स्वीकृति की दरकार थी। वह सिर्फ यह पूछ रही थी कि मैं उनके साथ हूँ। यह पहली बार था, जब उसे वास्तव में मेरी जरूरत थी। पहली बार उसे मेरे साथ की जरूरत थी।

मैं उसके साथ थी पर पहले मुझे मालूम था कि दीदी के सामने सबसे बड़ी चुनौती थी इस बात को हमारे परिवार के और सदस्यों के सामने रखना। उसने सबसे पहले इस बात को मेरी माँ को बताया, जिन्होंने पहले-पहल इसे एक क्षणिक भावावेशपूर्ण निर्णय समझकर खारिज कर दिया। जब उन्हें दीदी की गंभीरता का आभास हुआ तो उन्होंने सारे परिवार को बुलाया और सभी को एक साथ दौरा पड़ गया।

दीदी ने उन्हें बताया कि वह दीया से बार-बार मिलने जाती थीं। वह उसके साथ वक्त बिताना पसंद करती थीं, उसके साथ पढ़ना और खेलना पसंद करती थी और उसे संग्रहालय, चिड़ियाघर और पार्क घुमाने ले जाना पसंद करती थी। उसने बताया कि जब से उसने पहली

बार उस बच्ची को देखा था, तब से ही उसे उससे एक गहरा लगाव हो गया था।

वह धीरे-धीरे और साफ बोल रही थी। वह अपने परिवार के बुजुर्गों को समझाना चाहती थी कि सिर्फ चौबीस वर्ष की होने के बावजूद भी वह दीया की माँ बनने में सक्षम थी।

"दीया एक या दो साल में अनाथ हो जाएगी। उसे या तो किसी ऐसे रिश्तेदार के पास भेज दिया जाएगा, जो उसकी जिम्मेदारी लेने को तैयार नहीं होगा या फिर किसी अनाथालय में डाल दिया जाएगा। मैंने उस बच्ची के साथ काफी वक्त गुजारा है। वह तेज और बुद्धिमान है," उसने कहा, "और यदि मैंने हस्तक्षेप नहीं किया तो उसे वह नहीं मिल पाएगा जिसकी वह हकदार है।"

मेरे और दीदी दोनों के पिता इस बात से क्रोधित थे तुम बहुत छोटी हो, उन्होंने कहा, "तुम अपनी जिंदगी और भविष्य इस तरह बरबाद नहीं कर सकती हो।"

सारा समाज दयालु नहीं है और वह निश्चित ही एक अनब्याही लड़की, जिसके ऊपर एक बच्चे को भी पालने की जिम्मेदारी है, कभी स्वीकार नहीं करेगा। तुम्हें सारी जिंदगी अकेले रहना पड़ेगा। दीदी निर्बाध रूप से झगड़ती रहीं। मुझे मालूम था कि बाहर से तो वह दृढता दिखाने का भरपूर प्रयत्न कर रही थी, पर उसका दिमाग अभी भी अनिश्चितता में उलझा हुआ था, अपने नहीं, दीया के भविष्य के लिए।

मुझे यकीन था कि दीया को दीदी से बेहतर माँ नहीं मिल सकती थी, मैंने कहा, क्योंकि यह पूर्णरूप से सत्य था। मैंने उसकी पैरवी करनी चाही, पर सब व्यर्थ।

तभी एक वांछनीय मौका एक नई नौकरी के रूप में सामने आया। दीदी को एक अंतरराष्ट्रीय विमान कंपनी में मेहमानों की देखभाल करनेवाले अफसर की नौकरी मिल गई। उसे हैदराबाद विमानपत्तन पर कामकाज सँभालना था। जाने से पहले उसने मुझे बताया कि वह इस

स्थानांतरण से खुश थी। कलकत्ता से दूर वह दीया को अपने साथ रखकर उचित तरीके से पाल-पोस लेगी। उसने कहा कि उसे वहाँ जमने में कुछ महीने लग जाएँगे और फिर वह दीया को अपने पास बुला लेगी। वह पहले ही दीया के पिता से बात कर रही थी और वह दीया की जिम्मेदारी ऐसे व्यक्ति के हाथ में सौंपकर बेहद खुश थे, जो उसे वास्तव में प्यार करता था।

मैं उसे विदा करने के लिए विमानपत्तन तक गई। हम कभी भी अलग-अलग नहीं रहे थे और उसके बिना चीजें पहले जैसी नहीं रह जाएँगी ।

वह जाने लगी, उसके कंधे चौड़े थे, उसके बाल उनके पीछे लहरा रहे थे। जैसे ही वह भीड़ में ओझल होनेवाली थीं, वह पीछे मुड़ी और हाथ हिलाया। वह खुशी, आत्मविश्वास और आशा से परिपूर्ण नजर आई। यह एक यादगार लम्हा था, क्योंकि उस दिन मैंने उसे आखिरी बार देखा था।

अमृता रॉय, मेरी बहन, 5 सितंबर, 2010 के दिन एक हवाई पुल के हादसे में काल का ग्रास बन गई थी, हैदराबाद विमानपत्तन पर कार्य करते हुए।

दीया कभी हैदराबाद नहीं गई। पर अब वह हमारे साथ रहती है। जैसाकि दीदी चाहती थी। हमारे माता-पिता उस नन्ही परी से प्रेम करने लगे हैं। उसे गणित, एनिड ब्लायटन और टाकोस पसंद है। वह एक बच्ची थी पर कभी-कभी वह बहुत शैतानी करती थी। मैं जितना हो सके, उसका बचाव करने की कोशिश करती थी, हालाँकि मैं इस बात का खयाल रखती थी कि कहीं वह बिगड़ न जाए! दीदी भी मुझसे ऐसा ही करने को कहतीं।

□

रहस्यमयी दंपती

—ऋषी वोहरा

मैं परिवार के सदस्यों के साथ अमरीका से वापस लौटा था और हम मुंबई के उपनगर लोखंडवाला के एक फ्लैट में आकर बस गए थे। वह घर एक बहुत बड़े अहाते में बनी चार चौदह मंजिला इमारतों में से एक इमारत में था। इन इमारतों में बने फ्लैट लगातार बढ़ती कीमतों की वजह से बार-बार खरीदे-बेचे जाते थे। परिणामस्वरूप छह सालों से उस फ्लैट में रहने के बावजूद भी हम लॉबी में अकसर नए चेहरों को अंदर-बाहर होते देखते थे।

पर दो चेहरे ऐसे थे, जो हमेशा मेरा और मेरी पत्नी का ध्यान खींचते थे। ये चेहरे एक बुजुर्ग दंपती के थे, जो अपने जीवन के साठवें दशक में थे और जीवन के प्रति उत्साह से लबरेज दिखते थे। वे राह में मिल जानेवाले लोगों का अभिवादन करते थे, पर कभी भी उनसे ज्यादा बातचीत बढ़ाने के लिए अपनी चाल को धीमा नहीं करते थे। उनके चेहरे पर हमेशा एक स्थिर प्रज्ञता रहती थी, वे अपने आप में ही रहते थे और मैंने उनके घर कभी किसी आगंतुक को आते हुए नहीं देखा। आम तौर पर मैं अपने काम से काम रखता था, पर दंपती ने वास्तव में मेरे कौतुक को जगा दिया था।

एक दिन मैं सोसाइटी में ही रहनेवाली अपनी एक परिचित से उनके बारे में पूछताछ की। उसने सिर्फ अपने कंधे उचकाए और कहा,

"वे अजीब हैं। वे किसी से बात नहीं करते हैं। शायद वे बहुत अमीर हैं और हमारे जैसे लोगों के साथ घुलना-मिलना नहीं चाहते हैं।"

एक दूसरे व्यक्ति ने कहा, "वह महिला बहुत अच्छी हैं और माँ से उन्होंने एकाध बार बात भी की है। लेकिन जब माँ ने उनके बारे में विस्तृत जानकारी चाही तो उन्होंने विषयातंरण कर दिया। भगवान् जाने वे किस रास्ते पर है?"

मैं यूँ ही एक के बाद एक निवासी से उनके बारे में पूछताछ करता रहा और मुझे हर किसी से अस्पष्ट और भिन्न-भिन्न मत मिलते रहे। उन मतों में सबसे कटु था, "वे बहुत डरावने हैं। मैं तो उनके साथ लिफ्ट में भी नहीं चढ़ती।"

जहाँ तक मेरा प्रश्न था, उनके बारे में कुछ भी डरावना नहीं था। वे केवल रहस्यमयी थे।

मुझे पता लगा कि उनका और हमारा फ्लैट नंबर एक ही था, सिर्फ हम अलग-अलग इमारतों में रहते थे। हमारे घर लगभग 6000 वर्गफुट की एक खाली जगह, जो केवल हमारी मंजिल पर थी, द्वारा विभाजित थे। जल्दी ही मैंने उन बुजुर्ग महाशय को उस खाली पड़ी जगह में शाम को टहलते देखना शुरू किया। यह बारिश के दिनों में इमारत के अहाते का एक बेहतर विकल्प था। पहली बार मुझे उन्हें नजदीक से देखने का मौका मिला। उनकी आत्मविश्वास से परिपूर्ण चाल और उनका शांत भाव उन्हें एक ऐसे सेवानिवृत्त व्यक्ति के रूप में पेश करता था, जो सफलतापूर्वक अपने बच्चों को उनके निर्धारित मार्ग पर प्रशस्त करने के बाद अपनी सेवानिवृत्ति के बाद की जिंदगी का मजा ले रहा था। उनके बहुत ही सहज दिखने के बावजूद भी मैं कभी भी उनके साथ बातचीत शुरू करने का साहस नहीं जुटा पाया।

एक दिन जब हमारी इमारत में लगी दोनों लिफ्टों ने काम करना बंद कर दिया, तब मैंने और मेरी पत्नी ने दूसरी इमारत में जाकर वहाँ से लिफ्ट पर जाने का फैसला किया। हमारी तीन साल की बेटी फुदकते

हुए हमसे पहले लिफ्ट की लॉबी में पहुँच गई। जब हम उसके पास पहुँचे तो देखा कि वह उस रहस्यमयी दंपती से प्रफुल्लित होकर बात कर रही थी। वे अपने फ्लैट के बाहर फँस गए थे, क्योंकि उनके घर का दरवाजा जाम हो गया था और वे ताला ठीक करनेवाले कारीगर के आने का इंतजार कर रहे थे। आम तौर पर हम अपनी बच्ची को किसी से भी बाचचीत करने से नहीं रोकते हैं। उसका व्यवहार बहुत ही मित्रवत् है, पर वह कुछ चुनिंदा लोगों से ही लंबे वक्त तक बात करती है। ऐसे लोगों की संख्या बहुत ही सीमित है। ऐसी लंबी बातें दुकानों में, मॉल में, सड़क पर और हवाई जहाज तक में कहीं भी शुरू हो सकती है। हमने देखा था कि इन सभी लोगों में एक समान सूत्र था। उसके द्वारा बात करने के लिए चयनित सभी बातचीत करनेवाले अच्छा बोलनेवाले और दोस्ताना रवैएवाले होते थे, फिर चाहे वे समाज के किसी भी तबके के हों। चार बार लिफ्ट को छोड़ने के बाद हम उन दंपती के कहने पर लिफ्ट पर चढ़ गए। उन्हें आभास हो गया था कि हम जल्दी में थे। हमने ताला खोलने में उनकी मदद करने की बात कही तो उन्होंने विनम्रता से उसे यह कहते हुए ठुकरा दिया कि उन्होंने ताला ठीक करनेवाले से अभी-अभी बात की है और वह कुछ ही पलों में वहाँ पहुँच जाएगा। वे इतने अच्छे, विन्रम और शालीन थे कि हम अचंभित रह गए। हमें यह लगा कि जो अफवाहें हमने उनके बारे में सुनी थीं, वे कितनी गलत थीं!

एक-दो सप्ताह बाद मैं और मेरी बच्ची अपने घर के बाहर खड़े एक पैकेट ले रहे थे और हमने साथवाले खाली स्थान में उन बुजुर्ग व्यक्ति को टहलते हुए देखा। मेरी बेटी दौड़कर उनके पास गई और पैकेट लेने के लिए हस्ताक्षर करने के बाद मैं भी उनकी बातचीत में शामिल हो गया। बाद में मेरी बेटी अंदर चली गई, जबकि मैंने उनसे बातचीत जारी रखी। वे इतने बुद्धिमान और सरल थे कि उनके बारे में बने मेरे सभी पूर्वग्रह तुरंत छूमंतर हो गए।

हमने अपने घरों के बारे में बात करना शुरू किया और धीरे-धीरे

बात जमीन-जायदाद के दामों, शहर और इसी तरह के कुछ और प्रचलित विषयों की ओर बढ़ती गई। जब हमारी इमारत की सोसाइटी की बात आई, तो उन्होंने कहा कि उनके इन इमारतों में कोई मित्र नहीं थे। ऐसा शायद इस वजह से था कि यहाँ के ज्यादातर निवासियों की जिंदगी बहुत तेज गति से चलती थी (लगभग सारे निवासियों की उम्र पचास वर्ष से कम थी)। वे अपने बारे में पीठ पीछे होनेवाली बातों से अनभिज्ञ दिखे। वे बाद में बताने लगे कि उन्होंने अधिकतर विदेशों में नौकरी की, पर सन् 1993 में वे वापस मुंबई आकर बस गए।

फिर विषय मेरे परिवार पर आ गया और मैंने उन्हें अपनी पृष्ठभूमि और परिवार के बारे में बताया। कुछ समय बाद मैंने उनसे पूछा, "आपके बच्चे कहाँ हैं?"

अचानक ही खुशी उनके चेहरे से वाष्पीकृत होकर उड़ गई और उसकी जगह दु:ख ने ले ली। उन्होंने बताया कि उन्होंने अपने बच्चों को 1993 के बम धमाकों में खो दिया। उस समय वे विदेश में काम कर रहे थे और उनके बेटे उनके पास आनेवाले थे। वे वर्ली के पासपोर्ट दफ्तर में आवश्यक कागजात जमा करा रहे थे। जब धमाके हुए। आखिरी बात उन्होंने अपने बेटों से तब की थी, जब उनके बेटों ने उन्हें सारी कागजी कारवाई सफलतापूर्वक निबटा लेने के बाद फोन किया। जब सिर्फ ठप्पा लगे पासपोर्टों के इंतजार का कार्य शेष था, तब उनकी मृत्यु का समाचार उनके पासपोर्ट से पहले उन तक पहुँचा। लड़के उस समय बीस-पच्चीस वर्ष के थे। उनके दु:ख को और बढ़ानेवाली एक और घटना हुई। उनका साला, जो लगभग उनके बेटों की उम्र का ही था, वह भी इस हादसे का शिकार हो गया था।

जैसे ही उन्होंने अपने हाथों से बम धमाकों को दिखाने के लिए इशारा किया, मुझे अपनी आँखों में इकट्ठा हुए आँसुओं को अपने गालों पर छलकने से रोकने के लिए खुद को जड़वत् बना लेना पड़ा। उन्होंने मेरी आँखों में दु:ख देख लिया और फौरन अपने चेहरे की चिर-परिचित

मुसकान वापस लाते हुए बोले, 'यह सब नियति है।' फिर उन्होंने एक अमीर उपनगर में अपने एक पुराने फ्लैट के बारे में बताया, जो हाल ही में पुनर्विकास के लिए चयनित किया गया था। अब उसे विकसित करके एक उच्चवर्गीय आधुनिक सुख-सुविधाओं से परिपूर्ण सोसाइटी बनाई जानी थी।

वे उत्साह के साथ आगे बढ़ने की बात कर रहे थे और जिस तबाही ने उनका जीवन सदा के लिए बरबाद कर दिया था, उसके बारे में उन्होंने और कोई बात नहीं की।

एक घंटे तक चली बातचीत के बाद मैंने बमुश्किल बात खत्म की और घर गया। मेरे पड़ोसी एक बेहद सुरुचिपूर्ण और अच्छे व्यक्ति थे तथा मैं उनके साथ घंटों बातचीत कर सकता था, पर मैं पहले ही उनके रोज शाम के टहलने का काफी समय खराब करवा चुका था।

जब मैं अपने घर पहुँचा तो मैंने अपनी बेटी को उसके पलंग पर पाया। मैंने उसे सीने से कसकर चिपटा लिया। वह एक प्यार करनेवाली लड़की थी और हमेशा दस सेकेंड का समय देती थी, इस पकड़ से छूटने की कोशिश करने से पहले। पर किसी विचित्र कारण से इस बार उसने मुझे कई मिनटों तक अपने सीने से लगाए रहने दिया। मैंने सोचा कि क्या इसे मेरे कष्ट का अहसास हो गया है? पर इस आलिंगन के तुरंत बाद उसने मुझसे बच्चों के एक स्कूटर की फरमाइश कर दी। उसने एकदम सही वक्त पर लोहे पर चोट की थी।

मुझे अहसास हुआ कि मैं अपनी बेटी की वजह से एक ऐसे अविश्वसनीय एवं बुद्धिमान व्यक्ति से बात कर पाया था, जिससे मैंने शायद औपचारिक अभिवादन के अलावा कभी कोई बात न की होती। जाने कैसे मेरी छोटी सी बच्ची एक व्यक्ति के हृदय की अच्छाई को भाँप लेती थी? शायद सारे बच्चे ऐसा करते हैं। और हम वयस्क, दोस्त बनाने में कतराते हैं, या उन लोगों को समझने में हमारी दिलचस्पी नहीं होती, जो हमारे दायरे से बाहर होते हैं।

मुझे उन दंपती का दूसरे निवासियों के साथ अपना व्यक्तिगत दु:ख साझा न करने का कारण समझ में आ गया था। वे सिर्फ मित्रता चाहते थे। उनका व्यक्तिगत दु:ख दूसरों के मन में उनके लिए दयाभाव जगा सकता था। और वे इससे बचना चाहते थे। चूँकि उन बुजुर्ग व्यक्ति ने मेरे ऊपर विश्वास कर एक अत्यंत ही व्यक्तिगत और दु:खभरी घटना साझा की थी, अत: मैंने भी यह बात अपने तक ही रखी। और मुझे इस बात से कुछ विशिष्टता की भी अनुभूति हुई कि किसी ने मुझे इतनी व्यक्तिगत बात बताने के काबिल समझा। इस बात ने मुझे सोचने पर बाध्य कर दिया। यदि उन बुजुर्ग दंपती के बच्चे जीवित होते तो वे लगभग चालीस वर्ष के होते तथा उनके अपने परिवार होते तो वे दंपती दादा-दादी होने के सारे सुखों का आनंद ले पाते और उनके पास पाने के लिए कितना कुछ होता। जीवन ने भले ही उन्हें अपने बेटों के बच्चों के दादा-दादी बनने का अवसर न दिया हो, पर मेरा जीवन मुझे इस बात का अवसर देता प्रतीत हो रहा था कि मैं अपनी बच्ची को दादा-दादी का वह सुख दे सकूँ, जिससे वह मेरे माता-पिता के न होने की वजह से वंचित रह गई थी। मैंने निश्चय किया कि मैं अपनी बेटी से उन्हें 'दादा-दादी' बुलाने के लिए कहूँगा।

कहा जाता है कि हम केवल अपने मित्र चुन सकते हैं, परिवार नहीं। मैं कहता हूँ कि यह गलत है।

इन विलक्षण चाचा-चाची से मिलने के बाद मुझे ज्ञात हुआ कि कुछ लोग ऐसे भी होते हैं, जिन्हें आप परिवार के रूप में चुन सकते हैं।

□

झनु मंक्डिया ने यह कैसे संभव किया

—नीलमणि सुतार

मैं हूँ झनु मंक्डिया, पहली मंक्डिया लड़की, जो एक स्नातक उत्तीर्ण है। मैं एक लेखिका हूँ, जिसका तात्पर्य यह है कि मैं विभिन्न जगहों पर जाती हूँ और अपने अनुभवों के विषय में लिखती हूँ। लोग मुझसे यह अपेक्षा करते हैं कि मैं उनका मार्गदर्शन करूँ कि कहाँ पर सूर्य तेज गरमी बरसा रहा है और कहाँ पर पाउडर जैसी मुलायम बर्फ गिर रही है। वे मुझसे यह अपेक्षा रखते हैं कि मैं उन्हें बताऊँ कि सबसे बेहतर पिज्जा कहाँ मिलता है और उन स्थानों से तोहफे खरीदते समय धोखाधड़ी से कैसे बचें। जो लेख मैं लिखती हूँ, वे टीवी चैनलों द्वारा वृतचित्र में बदल दिए जाते हैं। जिनमें मैं काम करती हूँ और फिर उनका प्रसारण होता है। कभी-कभार लोग मुझे तारीफ की चिट्ठियाँ भेजते हैं और ऐसा होने पर मुझे कुछ अधिक पैसे मिलते हैं। लेकिन मैंने अपनी वर्तमान नौकरी छोड़ने का फैसला किया है। इसलिए मैं आपको अपने आखिरी लेख के बारे में बताती हूँ, जो मेरी अपनी जीवनी पर आधारित है।

नेमिगुदा, जो मेरा जन्मस्थान है, भारत के अन्य गाँवों की तरह ही एक है और सबसे अधिक गरीब भी। ओडिशा के कुछ अनजान पुराने पहाड़ों के तलहटी पर स्थित यह गाँव बिरहोर आदिवासी समुदाय के कई परिवारों का घर है। वन निवासी समाज का होने के कारण इस

समुदाय के लोग ओडिशा, झारखंड, छत्तीसगढ़ और पश्चिम बंगाल के प्रदेशों में रहते हैं। वहाँ के नागरिक इस समुदाय के लोगों को विभिन्न नामों से पुकारते हैं। मयूरभंज और संभलपुर के लोग हमें 'मंक्डिया' और 'मंकिर्दिया' के नाम से पुकारते हैं। हमारा समुदाय बंदरों को मारकर उनका मांस खाता था और शायद इसीलिए ही हमें 'मंक्डिया' कहते हैं।

बड़े होते हुए हमारा हर दिन एक संघर्ष होता था। जमीन न होने के कारण हमें मजदूरी करनी पड़ती थी, ताकि हम अपनी बुनियादी जरूरतों को पूरा कर सकें। गन्ने के खेतों की कटाई करना, धान की बुआई, कोयले की खान में नीचे उतरना, सड़क के किनारे पत्थरों को तोड़ना, हम सबकुछ करते थे, जो हमारी राह में पड़ता था।

हर गरमियों की शुरुआत में हमारे पिताजी अपने सिर पर एक गठरी रखकर हमसे विदाई लेते थे। अड़तीस वर्षीय सुदाम मंक्दीय ने अपना थकाऊ सफर शुरू किया। बंगाल की खाड़ी पर ताड़ झुरमुट तक एक हफ्ते का पैदल सफर। अपने मजबूत डील-डौल के कारण वह 'कंतारती' यानी कि ठेकेदार द्वारा किराए पर लिए जाते थे। एक यात्रा एजेंट, जो मजदूरों को नौकरी देता था। ताड़ के झुरमुटों में काम करने के लिए अधिक मेहनत की आवश्यकता होती है। आदमियों को ताड़ के ऊँचे पेड़ों पर नंगे बदन बिना किसी सुरक्षा के चढ़ना पड़ता था और यह ताड़ का पेड़ चार से पाँच मंजिला इमारत के बराबर ऊँचा होता था। आदमियों को ताड़ के कक्ष में एक चीरा लगाना होता था और पेड़ से निकलनेवाले ताड़ के दूध को इकट्ठा करना होता था। उनकी कलाबाजी करने की हरकतें उन्हें लोगों के बीच में 'मंकी मैन' के नाम से मशहूर करवाती थी। हर शाम को कंतारती (ठेकेदार) आता था और उस कीमती उपज को आदमियों से लेता था और जमशेदपुर के मिठाईवाले को पहुँचाता था।

हम पाँच भाई-बहन थे, दो भाई और तीन बहनें। मैं अपने माँ-बाप की तीसरी बेटी थी और मेरे दो भाई मुझसे काफी बड़े थे। मैं नौ

साल की एक कोमल सी लड़की थी, जिसके लंबे काले बाल थे जो हमेशा चोटियों में बँधे रहते थे। मुझे मेरी माँ की खूबसूरत तिरछी आँखें मिली थीं। लेकिन मुझे मेरी नुकीली नाक और मोटे होंठ अपने पिता से मिले थे। मैंने कई बार अपने बड़े लोगों को कहते सुना था कि मेरी नुकीली नाक मेरी तेजी को दरशाती थी और मेरे होंठ मेरे गुस्सैल स्वभाव को। मैंने इन व्यवहारों को अपने भीतर तो नहीं, हाँ अपने पिता के स्वभाव में अवश्य देखा था।

मैं एक छोटी सी सोने की नथनी पहनती थी, जिससे मेरे नैन-नक्श और भी उभरते थे। मैं सुबह भोर में उठती थी। अपनी माँ के साथ घर के कामों में हाथ बँटाती थी और देर रात तक सोने जाती थी। मैंने अपनी दो छोटी बहनों, सात साल की मिन्नू और पाँच साल की सिन्नु को पालने में बहुत मदद की थी, जो दो छोटी शैतान लड़कियाँ थीं, जिन्हें जंगल से पानी भरके लाने से बेहतर बंदर और चिड़ियों को मारना बेहतर लगता है। भारत के हजारों और बच्चों की तरह ही हम भी ऐसे बदनसीब थे, जिन्हें कभी स्कूल के ब्लैकबोर्ड के पास जाना भी नसीब नहीं था। हमें केवल यह सिखाया गया था कि इस मुश्किल भरी दुनिया में कैसे जीना है, जिसमें हम पैदा हुए हैं।

हमारा छोटा सा गाँव नेमिगुदा, जो सबसे करीबी बस स्टेशन से मात्र तीस किलोमीटर दूर था, वह वास्तविकता में सभ्यता से कई सौ किलोमीटर दूर था। हम मंक्डिया आदिवासी बंदरों को मारकर खाते थे, जब हमारे पास खाने को कुछ नहीं होता था, लेकिन जब सरकार ने बंदरों को मारने पर रोक लगा दी तो हमसे हमारे खाने का एक पोषणयुक्त स्रोत भी छीन गया और बाकी सभी गाँववालों की तरह हमारा परिवार भी हर एक नया दिन पैसा कमाने के लिए बहुत जतन करता था।

इस तरह का एक अवसर हर साल सूखे मौसम के शुरुआत में मिलता था, जब तेंदू की पत्तियों को बीनने का समय होता था, जिससे बीड़ी बनती है। कई हफ्तों तक मेरे भाई और मेरी माँ गाँव के बाकी

लोगों के साथ सुबह जल्दी उठकर जाते थे। उनकी मंजिल गाँव के करीब का जंगल होती थी, जहाँ कुछ तेंदू के पेड़ थे।

बड़ी मेहनत से वे एक-एक पत्ती तोड़ते थे और उसे बेंत के बड़े टोकरे में रखते थे। उसके बाद वे यही प्रक्रिया दोबारा दोहराते थे। हर घंटे बीननेवाले रुककर पचास पत्तियों का एक गट्ठर बनाते थे। हर एक गट्ठर दो रुपए का होता था। पहले के दिनों में जब पत्तियों को बीनने का काम जंगल की सीमा पर होता था तो मेरे भाई और मेरी माँ अकसर सौ रुपए तक कमाने में सफल हो जाते थे। मेरे भाई पत्तियों को तोड़ने और बीनने में मेरी माँ उतने कुशल नहीं थे पर वे सब मिलकर सौ रुपए के आस-पास कमा लेते थे। जिससे हमारे छोटे से परिवार का गुजारा कुछ नहीं से थोड़ा आगे हो जाता था।

एक दिन नेमिगुदा और आस-पास के गाँवों में समय और शब्द ने पलटी खाई तथा हमें मालूम हुआ कि पड़ोसी राज्य झारखंड में झरिया कोयले की खदान के पास एक हॉकी प्रशिक्षण विद्यालय खुला है। वह विद्यालय आदिवासी लड़कियों को पढ़ाएगा और उन्हें प्रशिक्षण देगा, जिसके बदले में वे लड़कियाँ उसके खेतों में काम करेंगी। लोग उस ठेकेदार को रिश्वत देने के लिए कुछ भी करने को तैयार थे, जो उन लड़कियों का चयन करनेवाला था। माँएँ दौड़-दौड़कर महाजन के पास जा रही थीं तथा अपने गहने उसके पास गिरवी रख रही थीं ताकि रिश्वत देने के लिए कुछ पैसों का इंतजाम हो जाए और अगर उनके पास गहने नहीं होते थे तो वे अपनी गाय और छोटी बकरियाँ भी देने को तैयार थीं।

''मेरी ट्रक कल सुबह चार बजे आएगी,'' लड़कियों का चयन करनेवाले ठेकेदार ने अभिभावकों को बताया, जिनकी लड़कियों का चयन हो चुका था। ''और हमारी लड़कियाँ कब वापस आएँगी?'' मेरे पिता ने सबकी तरफ से पूछा।

''हर साल मकर के महीने में।'' कंतारती (ठेकेदार) ने कहा।

मेरे चेहरे पर डर की रेखाएँ दिखने लगीं। मेरी माँ ने तुरंत मुझे सांत्वना देते हुए कहा, ''झन्नु याद है, तुम्हारी दोस्त विनीता के साथ क्या हुआ था?'' मेरी माँ पड़ोसी की लड़की के बारे में बात कर रही थी, जिसके माँ-बाप ने उसे एक बूढ़े अंधे आदमी को बेच दिया था, ताकि वे अपने दूसरे बच्चों का पेट पाल सकें।

अभी अँधेरा ही था, जब ट्रक ने हॉर्न दिया। हम चुनी हुई लड़कियाँ पहले से ही बाहर खड़ी हुई थीं और ठंड के कारण आपस में घुसी हुई थीं। हमारी माँएँ हम लोगों से पहले ही उठ गई थीं हमारे लिए खाना बनाने, जो उन्होंने साल की पत्तियों में लपेटकर रखा था।

सफर थोड़ा लंबा था और आखिरकार ट्रक एक लंबे से शेड के आगे आकर रुका, जिस पर टाइल्स लगे थे। अभी तक पूरा दिन नहीं हुआ था और एक सौ वाट का एक बल्ब धीमे से पूरी इमारत को रोशन कर रहा था।

चौकीदार एक पतली कद-काठीवाला आदमी था, जिसने बिना कॉलर का कुरता और लुंगी पहनी थी। अँधेरे में उसकी आँखें अँगीठी में रखे हुए अंगारे की तरह लग रही थीं।

''आप सब इधर आकर बैठ जाएँ'', उसने एक बड़े से हॉल में बुलाते हुए हम सबसे कहा। हॉल में जाकर उसने हम सबको गिना और हमें आधे-आधे दो गुटों में बाँट दिया। मैं अपने भाई-बहनों से अलग होकर पहले गुट में चली गई, जहाँ मैंने कई नए चेहरे देखे। सब चीजें काफी अजीब और नई थीं। हम वहाँ एक हफ्ते तक रुके।

अगले रविवार को एक काले सूट में एक गंजा आदमी दो बड़ी अटैचियाँ लेकर आया। ठेकेदार से उसकी बातचीत काफी लंबी हुई। हमें अंदर जाने की अनुमति नहीं थी, लेकिन जब वह चला गया तो ठेकेदार बहुत खुशी से और तेजी से चलते हुए हमारे पास आया। ''तैयार हो जाओ, प्रशिक्षण कल से शुरू होगा,'' उसने अपने हाथ को जोड़ते हुए ताली बजाते हुए कहा।

उसने हमें उसी शाम को एक दूसरी इमारत में भेजा और हमें वहाँ बंद कर दिया। कमरे के अंदर मैंने देखा कि कई अजीब से चेहरे हमें घूर रहे थे। एक चेहरा, जो मुझे घूर रहा था, उसने अपना मुँह खोला और ऊँघते हुए कहा "श्रीमान कंतारती (ठेकेदार) आपका काम यहाँ से खत्म हुआ। अब आप जा सकते हैं।"

मैं डर गई थी। मैं अपने आप में सोच रही थी, अब यहाँ से बचना मुश्किल है। अगर हम यहाँ से भागें भी और उन आदमियों को धोखा देने में कामयाब भी हो जाएँ, तब भी हम बाहर नहीं निकल सकते, क्योंकि सभी दरवाजे बंद थे और उनमें जंजीर लगी थी। "हमारा तो काम हो गया, हे भगवान् अब वे लोग हमारे साथ क्या करेंगे?"

अगले ही पल मैंने सोचा कि हम पहले ही बंधुआ मजदूर बनकर बिक चुके हैं। अब हमारे करने के लिए कुछ नहीं बचा है। अब मैंने सबकुछ भगवान् और अपने नसीब पर छोड़ दिया।

कुछ घंटे बाद एक अजीब से आदमी ने हमें भेड़-बकरियों की तरह ट्रक में भरा, मानो हम हलाल होने जा रहे हों। आधे घंटे के अंदर हम राँची रेलवे स्टेशन पर थे। एक आदमी वहाँ पर मेरा इंतजार कर रहा था। उसकी भयानक नजर ने मुझे एक सीमा के बाहर तक भयभीत कर दिया था और मैं डर के मारे दरवाजे की ओर मुँह करके मदद के लिए चिल्लाने लगी कि कोई तो मेरी आवाज सुने, "मदद-मदद-मदद।"

"पकड़ो उसे। छोड़ना मत उसे। चिल्लाने से रोको उसे।" गंजा आदमी चिल्लाया।

कुछ लोग मेरे ऊपर दौड़ पड़े, किसी ने मेरी बाजुओं को पकड़ा और किसी ने मेरे पैरों को पकड़कर मुझे जमीन से उठा लिया। मैं चिल्लाने लगी तो उनमें से एक आदमी ने अपना दस्तानेवाला हाथ मेरे मुँह पर रखकर मुझे चुप करा दिया।

उस शोर-शराबे ने रेलवे स्टेशन के इंस्पेक्टर और पुलिस का ध्यान मेरी ओर खींचा और वे मेरी तरफ आए। वे लोग मुझे वहीं छोड़कर

भाग गए, लेकिन रेलवे पुलिस ने उन्हें रँगे हाथों पकड़ लिया। बिचौलिए ने बताया कि वे हमें सऊदी अरब में बेचने ले जा रहे थे। राँची पुलिस ने ओडिशा पुलिस को सूचित किया और अगले दिन हम लोग वापस भुवनेश्वर पहुँच गए थे।

हमारे माँ-बाप को हमारे बारे में सूचित कर दिया गया था और वे हमसे मिलने भुवनेश्वर पहुँच गए थे। मैंने अपने पिता को आँसू भरी आँखों से गले लगा लिया।

बाद में ओडिशा पुलिस के डीजी ने एक प्रेस कॉन्फ्रेंस में यह घटना सबके सामने रखी और मेरी सराहना की। उन्होंने मेरे पिता से मुझे स्कूल भेजने की गुजारिश भी की। पहले तो पिताजी इस बात के लिए नहीं माने, लेकिन फिर वे मान गए।

भुवनेश्वर स्थित कलिंग स्कूल ऑफ सोशल साइंस ने मुझे अपने विद्यालय में दाखिला दिया और मैंने अगले ही दिन से पढ़ाई शुरू की। मैं एक बेहतरीन विद्यार्थी थी, मैं पढ़ सकती थी और मुझे हमेशा याद रहता था कि मैंने क्या पढ़ा, मैं हर चीज बहुत जल्दी याद कर लेती थी।

समय बीतता गया और जल्दी ही वह समय आया जब मुझे ओडिशा बोर्ड की परीक्षा देनी थी। कोई डेढ़ महीने बाद परीक्षा का नतीजा आया और मैंने बेहतरीन अंक हासिल किए।

और अब मुझे गर्व है कि मैं पहली बिरहोर मंक्डिया लड़की हूँ, जिसने अपना परास्नातक खत्म किया है। मैंने एक सेवा संस्था खोलने के विषय में सोचा है, जिसमें मैं आदिवासी लड़कियों को पढ़ाऊँगी। मैं अपने गाँव और दूसरे गाँव के लोगों को भी बढ़ावा दूँगी कि वे अपने बच्चों को स्कूल भेजें। मैं चाहती हूँ कि मंक्डिया बच्चे बंदरों को मारने की बजाय बेहतरीन कंप्यूटर चलाने के लिए जाने जाएँ और नवीन भारत की मुख्य धारा की कार्यप्रणाली का हिस्सा बनें।

□

सविता की कहानी

—सुभोब्रता

सविता जब हमारे घर घरेलू काम-काज में हाथ बँटाने आई थी, तब मैं जूनियर हाई स्कूल में थी। मुझे याद है, मेरी माँ सविता के पीछे-पीछे हर कमरे में उससे बात करती हुई जाती थी, जब वह घर में झाड़ू-पोंछा करती थी और घर के फर्नीचर साफ करती थी। माँ के लिए उससे बात करना एक बहाना था, जिससे कि वह जान सकती थी कि कामवाली ठीक से काम कर रही है या नहीं, और कहीं कुछ छूटा तो नहीं। आखिरकार एक मालिक और कामवाले का रिश्ता शक से ही शुरू होता है। सविता के लिए वह बातचीत उसके दैनिक काम की नीरसता को कम करने में मदद करती थी।

जो बात एक मामूली से वार्त्तालाप से शुरू हुई, वह जल्दी ही एक लंबी बातचीत में बदल गई, अकसर वही, जो दो औरतें चाहती हैं। मेरी माँ ने यह जल्दी ही जान लिया कि सविता उन नौकरों से अलग है, जिन्होंने हमारे लिए पहले काम किया है। यह वह थी, जिसने कभी शॉर्टकट का इस्तेमाल नहीं किया, तब भी नहीं, जब उसे कोई न देख रहा हो। और उसी दौरान सविता ने मेरी माँ में एक शांत और धैर्यवान श्रोता को पाया, कोई ऐसा, जो उसकी बातें सुनता और फिर उसे अपने शब्दों से सांत्वना देता।

सविता दक्षिणी कोलकत्ता की बस्ती में रहती थी। वह घर के ये

काम करीब दस घरों में करती थी। हर रोज वह सूर्योदय से पहले उठ जाती थी और सबसे पहले घर में छह बजे से पहले पहुँच जाती थी। पैसे बचाने के लिए वह घर से रेलवे स्टेशन कई किलोमीटर पैदल चलती थी और वापस जाती थी। वह ट्रेन के सामान ढोनेवाले डिब्बे में सफर करती थी। उसका दिन आधी रात से पहले खत्म नहीं होता था। वह जिन घरों में काम करती थी, वहाँ से मिली हुई कुछ बेकार पुरानी साड़ियाँ पहनती थीं और अपने परिवार की जरूरतों को पूरा करने के लिए पैसे जोड़ने में दिन-रात लगी रहती थी।

तभी हमें मालूम हुआ कि सविता के घर पर उसका बेकार पति भी है, जिसने फैक्टरी में हुई एक दुर्घटना में अपना पैर खो दिया। जब वह काम करता भी था, तब भी अपनी कमाई का आधे से ज्यादा हिस्सा शराब पीने और अपना खाली समय उसे कोसने में उड़ा देता था। इसलिए उन लोगों ने कुछ भी बचत नहीं की थी। बिना पेंशन के एक बेकार आदमी होने के कारण उसका अधिक वक्त अपने पुराने दिनों पर आँसू बहाने में बीत जाता था और उसकी पत्नी की ज्यादा कमाई उसकी दवाइयों पर खर्च हो जाती थी।

यह देखकर किसी को भी आश्चर्य होगा कि सविता में इतनी मानसिक शक्ति और परेशानियों को सहने की क्षमता कहाँ से आती थी! वह ताकत उसे उसकी बेटी शांता से मिलती थी। सविता अपनी बेटी को एक अंग्रेजी स्कूल में पढ़ाने के लिए दिन-रात मेहनत करती थी, क्योंकि उसे पता था कि सरकारी स्कूलों की हालत ठीक नहीं है। उसकी आँखें अपने बच्ची के चेहरे पर उम्मीद और मुसकान देखकर चमक उठती थीं। उसे गर्व था कि उसकी लड़की कभी किसी भी परीक्षा में साठ प्रतिशत से कम नंबर नहीं लाई। शांता अपनी कक्षा की प्रथम दस छात्राओं में थी और वह भी बिना किसी ट्यूटर की मदद के, जो उसकी कक्षा के अन्य बच्चे लगा सकते थे, पर वह नहीं।

सविता खुद अनपढ़ थी, पर मैं पूरे विश्वास के साथ कह सकती हूँ

कि मैंने अपने जीवन में ऐसे कम ही लोग देखे हैं, जो शिक्षा के महत्त्व को समझते हैं और वह उनमें सबसे आगे थी। वह अपनी बेटी की पढ़ाई के लिए बहुत मेहनत करती थी और उसकी किताबें, स्कूल यूनिफॉर्म और अन्य सभी चीजों के लिए जी-तोड़ प्रयास करती थी। सौभाग्य से उसे शांता के स्कूल का ही एक शिक्षक मिल गया, जो उसकी लगन और कठिन परिश्रम को देखकर उसका गुरु बनने को तैयार हो गया तथा उसने शांता को स्कूल के बोर्ड और ट्रस्टीज से वजीफा भी दिलवाया। उस वजीफे से शांता की स्कूल की फीस का इंतजाम हो जाता था, जो अपने आप में एक बड़ी बचत थी और सविता के लिए एक चैन की साँस, क्योंकि अब उसके पति की दवाओं का खर्च दिन-ब-दिन बढ़ता जा रहा था। उसे अब दमा हो गया था और अन्य शारीरिक कष्ट, जो अब बढ़ चुके थे।

मेरी माँ ने एक दिन जब यह देखा कि शांता स्कूल में मुझसे बस एक कक्षा छोटी है, तो उन्होंने मेरी पुरानी किताबें वगैरह सँभालकर रखना शुरू कर दिया, जिसे वह साल के अंत में सविता को दे देती, ताकि वे शांता के काम आ सकें। इस बात ने मेरी भी काफी मदद की। मैं जो एक बड़े घर के बच्चों की तरह अपनी पुरानी किताबों को बेकार समझती थी, अब मुझे यह अहसास हुआ कि ये किसी और के काम भी आ सकती हैं, तो इसलिए अब मैंने अपनी किताबों को ठीक से सहेजना और अपने नोट्स को साफ-साफ लिखना शुरू कर दिया।

कभी-कभी अपनी छुट्टियों में शांता भी अपनी माँ के साथ आती थी और उसके साथ घर के छोटे-मोटे काम में हाथ बँटाती थी, जैसे कि पड़ोस में लगे नगर निगम के नल से खाना बनाने के लिए पानी लाना इत्यादि। और बाकी के पूरे समय में वह पालथी मारकर रसोईघर के एक कोने में बैठकर अपनी पढ़ाई करती रहती थी। कई बार मेरी माँ भी उसे पढ़ने में मदद करती थी, उसके कठिन पाठों को याद करने में उसकी सहायता करती थी। माँ को शांता को फल और बाकी चीजें, जो उसके स्वास्थ्य के लिए बेहतर थीं उसे देने में बहुत खुशी होती थी।

और उसके बदले में सविता हमारे लिए और अच्छा, और अधिक काम करती थी, तब भी जब हम उसे न कहें।

इस तरह से माँ और सविता के बीच का रिश्ता और भी गहरा होता चला गया। यह रिश्ता अब केवल मालिक एवं नौकर का नहीं रह गया था।

साल बीतते गए थे और अब सविता की बेटी कक्षा दस में आ गई थी तथा इस साल उसके बोर्ड की परीक्षा थी। सविता को पूरा विश्वास था कि उसकी बेटी उसको गौरवान्वित करेगी। शांता ने अपने स्कूल में प्री बोर्ड परीक्षाओं में अव्वल अंक प्राप्त किए थे तथा सभी शिक्षकों को उससे बहुत अपेक्षाएँ थीं, जबकि किस्मत को कुछ और ही मंजूर था।

अपनी परीक्षाओं से एक महीना पहले शांता काफी बीमार हो गई। डॉक्टर ने बताया कि उसे टायफाइड हो गया है, लेकिन यह पता करने में अब काफी देर हो चुकी थी और गलत इलाज चलने के करण उसकी तबीयत अब अधिक खराब हो चुकी थी। सविता ने कुछ दिनों की छुट्टी माँगी। मेरी माँ ने उसे उसकी तनख्वाह एडवांस दी और कुछ अलग से पैसे भी दिए।

बोर्ड परीक्षा शुरू होने के ठीक एक दिन पहले सविता की बेटी सरकारी अस्पताल में मर गई। हमें यह खबर उसकी पड़ोसी ने दी, जो हमारे इलाके के कुछ अन्य घरों में काम करती थी। उसने बताया कि सविता बहुत अधिक रो रही थी, क्योंकि उसका पूरा संसार बिखर गया था।

वह एक हफ्ते बाद काम पर वापस लौट आई। उसकी आँखों के किनारे काले घेरे थे और बाल लगता था मानो रात-ही-रात में सफेद हो गए। वह अपनी पुरानी कद-काठी की छाया तक सिकुड़कर रह गई थी। हालाँकि अब वह और कई घरों में काम नहीं करती थी पर उसने हमारे घर काम करना नहीं छोड़ा। उसने कहा कि अब उसे और पैसे नहीं चाहिए, उसे अपनी बेटी की स्कूल फीस नहीं भरनी है। लेकिन कम काम होने के बावजूद भी अब वह कमजोर और थकी हुई सी लगती थी।

उसके बाद से हमने उसे बोलते हुए बहुत कम देखा, जबकि वह काम अब भी उतनी ही लगन से करती थी। ऐसा लगता था मानो उसके सीने पर एक बड़ा सा पत्थर रखा है, जिसने उसके भीतर की सारी उमंग और खुशियाँ चूसकर बाहर निकाल ली हैं।

कई सालों बाद जब हम दूसरे मोहल्ले में रहने लगे और तब सविता भी हमारे लिए काम नहीं करती थी, तभी एक बार माँ अपने पुराने पड़ोसी के पास किसी काम से गई तो उसने सविता को देखा। मैं तब तक कॉलेज पास करके दूसरे शहर में काम कर रही थी, माँ ने मुझे यह बात फोन पर बताई।

पड़ोस में छोटी सी पुस्तक की दुकान थी, जहाँ सेकेंडहैंड पुस्तकें और कुछ रेफरेंस पुस्तकें मिलती थीं। जब मेरी माँ उस दुकान के सामने से निकल रही थी तो उसने सविता को कुछ पुस्तकें खरीदते हुए देखा। वह अब अधिक बूढ़ी हो चुकी थी और उसकी रीढ़ की हड्डी भी झुक गई थी। सविता ने मेरी माँ को पहचाना और मुसकराई।

माँ वहाँ रुककर उससे पूछने लगी कि वह वहाँ क्या कर रही है। 'ये मेरे पड़ोसी के बेटे के लिए हैं, कहकर सविता मुसकराई। बच्चा बहुत तेज है और अपनी कक्षा में अव्वल आता है, यह बड़ा होकर डॉक्टर बनना चाहता है, लेकिन इसके माँ-बाप गरीब हैं। लड़के का पिता शराबी है और माँ को चार बच्चे सँभालने पड़ते हैं। उनके पास अधिक पैसे नहीं थे उसे पढ़ाने के लिए, तो मैंने सोचा कि मैं कुछ मदद कर देती हूँ उसकी पुस्तकें खरीदकर और बाकी सामान जो मैं खरीद सकती हूँ। अब जबकि मैं इस दुनिया में बिल्कुल अकेली हूँ और मैं इतने पैसों का करूँगी भी क्या? अगर इस लड़के को अच्छी शिक्षा मिल जाती है तो इसका जीवन सफल हो जाएगा।

फोन पर ही यह सब बताते हुए मेरी माँ की आवाज रुँध गई। मुझे दिख सकता था कि शांता स्वर्ग से मुसकरा रही थी।

□

तेजाब

—पुष्कर पांडेय

मैं हमेशा से ही सोशल नेटवर्किंग के खिलाफ थी। सामाजिक होने से मेरा अभिप्राय लोगों से मिलना-जुलना था। और इसके अलावा मैं हर रोज ही अखबारों में लड़कों द्वारा लड़कियों को सोशल नेटवर्किंग साइट्स पर धोखा देने की खौफनाक कहानियाँ सुनती रहती थी। इसलिए मैं उन साइट्स से जुड़ने से डरती हूँ और उनसे दूर ही रहती हूँ। लेकिन मैंने हाल ही में अपने बॉयफ्रेंड से अपना रिश्ता खत्म किया है और मैं बहुत ही अकेला महसूस कर रही थी। कोई भी, जो कभी भी किसी के साथ प्रेम संबंधों में रह चुका हो, उसे यह पता होगा कि रिश्ता खत्म होने के बाद कैसा महसूस होगा! जब से मैंने महेश को डेट करना शुरू किया, मैंने अपने सभी दोस्तों से एक दूरी सी बना ली थी। इसलिए जब मैंने महेश के साथ अपना रिश्ता खत्म किया तो मैं बहुत ही अकेली थी। महेश हालाँकि इतना अकेला महसूस नहीं कर रहा था। आखिरी बार जब मैंने उसके बारे यह सुना था कि कुछ महीने शराब पीने और गेम खेलने के बाद वह एकदम सामान्य हो गया था। लेकिन मैं नहीं हुई थी और इसी तरह मैं एक ऑनलाइन डेटिंग साइट पर पहुँच गई थी।

जो साइट मैंने चुनी, उसने मुझसे एक प्रोफाइल बनाने का निर्देश दिया और मुझसे कुछ निजी जानकारियाँ माँगीं। जैसे ही मैंने उन जानकारियों को पूरा किया, मुझे अपने आस-पास के इलाकों के लोगों

की दोस्त बनाने के लिए प्रार्थनाएँ आने लगीं। क्योंकि मैं मुंबई में रहती थी, मुझे उन लड़कों के निवेदन ज्यादा आ रहे थे, जो उसी शहर में रहते थे। उस साइट पर एक निश्चित फीस जमा करके हमें ऑनलाइन चैटिंग का विकल्प भी उपलब्ध था। मैंने इस सेवा के लिए सब्सक्रिप्शन लिया, जिसके बदले में मेरा इनबॉक्स जंक मेल से लदा रहने लगा। मैंने शायद ही किसी मेल का जवाब दिया हो, पर हाँ, मैं हर शाम को चैट रूम में जरूर जाती थी, अपना मन कुछ हलका करने के लिए। एक दिन जैसे ही मैंने साईन इन किया, तो मैं हिमांशु से मिली।

"हे क्या बात करना चाहोगी?"

"हाँ, मैंने पलटकर उत्तर दिया और इस तरह हमारी बातों का सिलसिला शुरू हुआ।

"तो तुम क्या करती हो?"

"बीटेक।"

"मैं भी" उसने जवाब दिया?

"अच्छा! तो तुम कहाँ से हो?"

"मुंबई।"

"मैं मूलतः चेन्नई से हूँ, पर मैं यहाँ रहकर अपनी पढ़ाई पूरी कर रही हूँ।"

बढ़िया है···सुनो, माँ आ गई हैं, "मुझे जाना होगा। बाय-बाय।" मैंने भी जवाब में लिख दिया, यह सोचते हुए कि अब और क्या लिखूँ?

मैंने उसकी प्रोफाइल देखी और उसकी कुछ तसवीरों को भी। वह काफी अच्छा दिखता था।

जल्दी ही मुझे एक मैसेज दिखा, जिसमें हिमांशु ने मुझसे मेरी इ-मेल आई डी माँगी थी, ताकि हम बात कर सकें। पहले मैंने सोचा कि मैं उसकी रिक्वेस्ट को ठुकरा दूँ, लेकिन मैंने उसकी तसवीरों को पसंद किया था और वह बहुत ही खूबसूरत दिखता था, महेश से बहुत अधिक अच्छा!

उसी रात देर तक मैंने अपने मोबाइल फोन से अपनी आई डी खोली

और हिमांशु के आने का इंतजार करने लगी।

मेरे साथ कमरे में रहनेवाली सहपाठी मनाली हर काम में अपनी नाक घुसेड़ती थी, इसलिए मैंने अपने मोबाइल को रजाई के अंदर रख लिया, ताकि मुझको अकेलापन मिले, पर कुछ ही देर बाद मुझे उसकी आवाज सुनाई दी, "तुम रजाई के अंदर क्या कर रही हो? क्या तुम्हें नया बॉयफ्रेंड मिल गया है?"

मैंने रजाई के बाहर देखा कि मुझे वह नींद भरी आँखों से घूर रही है। वह लड़की बरदाश्त के बाहर थी। "नहीं, मैं बस तुम्हें परेशान नहीं करना चाहती।" मैंने जवाब दिया और तुरंत पलटकर सोने का नाटक करने लगी।

वह जल्दी ही सो गई और मैं हिमांशु से बात करने के लिए अपने फोन पर वापस आ गई।

"हे तुम कहाँ हो? जवाब दो, अगर तुम वहाँ हो?"

"हाई! तुम हो।" मैंने टाइप किया।

"हल्लो, तुम कैसी हो?"

"बेहतर और तुम?"

"मैं भी और तुम अपने बारे में कुछ बताओ।"

"मैं, हिमांशु। मूलतः मदुरै से हूँ, लेकिन यहाँ पढ़ता हूँ। मैं दोस्तों के साथ रहता हूँ, घूमना पसंद करता हूँ और इंजीनियर बनना चाहता हूँ।"

"और तुम्हारे माता-पिता?"

"पिताजी एक इंजीनियर हैं और माँ एक घरेलू महिला हैं। मेरी एक बहन है, जो शादी-शुदा है और शिकागो में रहती है।"

"बढ़िया है," मैंने टाइप किया।

"और तुम अपने बारे में बताओ?"

"मेरा नाम प्रतीक्षा है और मैं बी.टेक. करने के बाद एम.बी.ए. करना चाहती हूँ। मेरा एक छोटा भाई है और पिताजी का अपना बिजनेस है।"

"लेकिन तुम्हारी प्रोफाइल बताती है कि तुम्हारा नाम सुमेधा है।

क्या तुम समझाओगी?''

''इस तरह की साइट्स अकसर सुरक्षित नहीं होतीं, इसलिए कई लोग अपनी वास्तविकता नहीं बताते हैं और कई लोग दूसरे नाम रख लेते हैं।''

''ओह, लेकिन मैंने अपनी कुछ तसवीरें इस साइट पर डाली हैं।''

''कोई बात नहीं, तुम एक लड़के हो।''

''तो क्या लड़कों को कुछ खोने के लिए नहीं होता है? क्या तुम यही कहना चाहती हो?''

''नहीं, लेकिन लड़कियों को खोने के लिए बहुत कुछ होता है।''

''क्या मैं तुम्हारी तसवीर देख सकता हूँ?'' उसने टाइप किया।

''पहचानना कितना आसान है। यह अकसर ही होता है। कई लड़के जिनसे मैंने इंटरनेट पर मुलाकात की थी, वे पहले तसवीरों को देखना चाहते थे, फिर कुछ दिन बात करके अचानक गायब हो जाते थे। वे केवल अपने समय को काटते हैं, जब तक वह माँ, पिताजी की पसंद पर आकर रुक न जाए।''

''क्या यह तसवीरें देखने के लिए बहुत जल्दी नहीं है?'' मैंने पलटकर बहुत सोचते हुए जवाब दिया। मैं उससे बात करना चाहती थी, लेकिन अपनी तसवीरें उसे दिखाने को लेकर कुछ संशय में थी। इंटरनेट पर लड़कियों की बनावटी तसवीरें बहुत सामान्य है।

''क्या तुम्हें मैं अपनी तसवीर भेजूँ तो तुम्हें पसंद होगा?''

''हाँ,'' मैंने कहा।

पाँच मिनट बाद मेरे अपने इनबॉक्स में एक तसवीर आई।

''यह कहाँ ली गई थी?'' मैंने पूछा।

''ऑस्ट्रेलिया?''

''क्या तुम ऑस्ट्रेलिया गए हो?''

''हाँ, मैंने बताया न कि मुझे घूमना बहुत पसंद है।''

मुझे अब तक यह विश्वास नहीं हो रहा था कि वह विदेश यात्रा कर

चुका है। वह अमीर लगता था। और वह देखने में अच्छा, भी लगता था, लेकिन चेहरे भी धोखा दे सकते हैं, क्योंकि उसने अपनी बात रखी थी, इसलिए मैंने भी उसे अपनी तसवीर भेज दी।

"तुम खुबसूरत दिखती हो।"

"शुक्रिया।"

"कोई बॉयफ्रेंड है?"

"हम्म।"

"बताओ न!"

"हाँ, मैंने हाल ही में उससे अपना रिश्ता खत्म किया है।"

"क्यों?"

"क्योंकि उसके माता-पिता हमारे रिश्ते के लिए कभी तैयार न होते और हाँ, वह एक फरेबी भी था।"

वहाँ पर एक अजीब सा सन्नाटा था और हिमांशु ऑफलाइन हो गया। मैं चाहती थी कि वह वापस आए और हम बात करें। शायद वह बॉयफ्रेंड वाली बात सुनकर नाराज हो गया था।

जल्दी ही वह वापस आया।

"सुनो, मुझे वापस जाना होगा। लेकिन अगर तुम चाहो तो मेरा फोन नंबर ले लो और फिर हम कहीं बाहर मिल सकते हैं।"

"बिल्कुल।"

मैंने उसे अपना फोन नंबर भी दिया। लेकिन सच्चाई यह थी कि मैं सोच में थी, 'क्या मैंने इतनी जल्दी उसे अपना नंबर देकर ठीक किया? मैं उसके बारे में अभी कुछ भी नहीं जानती थी।'

दो दिन बाद हम मिले। मैंने सभी जरूरी सावधानियाँ बरतीं। मनाली को अपने आने-जाने के बारे में बताया और हम 'बरिस्ता' में मिले।

वह वाकई बहुत सुंदर था। और पाँच मिनट बाद ही हम ऐसे बात करने लगे, जैसे कि हम पुराने दोस्त हों। हमने तीन घंटे बात की और उसने मुझे उसकी गर्लफ्रेंड बनने का प्रस्ताव रखा। कोई अपनी पहली ही

डेट पर ऐसा नहीं करता। मैंने बहुत ही खुशी से यह प्रस्ताव स्वीकार किया।

मैंने जल्दी ही यह खबर मनाली को दी, क्योंकि मुझे मालूम था कि वह यह खबर महेश तक जरूर पहुँचाएगी। अब उसे मालूम चलेगा कि मुझे उससे कहीं बेहतर और स्मार्ट लड़का मिला है, मैंने खुद में ही मुसकराते हुए सोचा।

''हॉस्टल पहुँच गई?'' हिमांशु मुझे मैसेज करने से खुद को रोक नहीं पाता था।

''हाँ।''

''पैदल।''

''नहीं, एक टैक्सी ले ली थी। यह दस किलोमीटर दूर है। अपना कॉमनसेंस इस्तेमाल करो बेबी।''

''तो अब मैं तुम्हारा बेबी हूँ?''

''हाँ, तभी तो मैंने कहा,'' मैंने अपने मैसेज में एक मुसकान वाला स्माइली भी डाल दी।

मैंने उसे कुछ तसवीरें भेजीं, लेकिन अब उसकी डिमांड बढ़ गई थी और उसे मेरी सैकड़ों तसवीरें चाहिए थीं, वे भी अलग-अलग पोशाकों में।

''क्या मुझे एक तसवीर स्कर्ट में भेज सकती हो?''

''नहीं।''

''क्यों? क्या मैं तुम्हारा बॉयफ्रेंड नहीं हूँ?''

''तुम हो, लेकिन।''

''लेकिन क्या?''

''ठीक है, मैं रात में भेजूँगी, अभी मेरी रूम मेट है यहाँ।''

इसलिए मैंने उसे रात में एक फोटो भेजी और अब वह मेरा वास्तविक बॉयफ्रेंड हो गया था।

''क्या मैं तुम्हें चूम सकता हूँ?''

''हाँ।''

''कब?''

''जब अगली बार हम मिलेंगे। लेकिन उसके अलावा कुछ नहीं, जब तक हमारी शादी नहीं हो जाती।'' मैंने टाइप किया, बहुत सख्त होते हुए।

''यह बहुत ही बोरिंग है।''

अगली बार जब हम मिले, उसने मुझे चूमा और मैं बहुत खुश थी।

उसके बाद हमने कई बार किस किया और उसने कुछ और भी करने की कोशिश की तो मैंने उसे रोक दिया। मैंने उस सीमा को कभी पार नहीं किया, जो मैंने अपने लिए बनाई थी। रात में धीरे-धीरे बातें होनी शुरू हुईं और मैं उससे प्यार करने लगी।

लेकिन वह सेक्स करने की ओर आकर्षित रहता था और मैं उसे रोक देती थी।

''क्या तुम एक वर्जिन (कुँवारी) हो प्रतीक्षा?'' उसने एक रात अचानक ही मुझसे पूछा।

मैंने जवाब नहीं दिया, क्योंकि सेक्स को लेकर उसकी बातों से मैं ऊब गई थी, जो अकसर उसके मैसेज के बीच में होती थीं। तभी मुझे यह लगने लगा कि वह केवल सेक्स में ही रमा हुआ है और तब मैंने उससे अपना रिश्ता खत्म करने के बारे में सोचा।

''तुम्हारा एक बॉयफ्रेंड था पहले, तो तुमने जरूर ही कभी-न-कभी उसके साथ समय गुजारा होगा?'' उसने जोर देकर पूछा।

''बहुत हो गया। अब मुझसे कभी बात मत करना। सबकुछ यहीं खत्म होता है,'' मैंने लिखा। मैं पागल हो रही थी और मैं उसके साथ अब कोई भी रिश्ता नहीं रखना चाहती थी।

''व्हाट द फक? तुम मुझसे ब्रेकअप नहीं कर सकती।''

''मैंने, कर लिया है।''

तब हिमांशु मुझे मनाने की कोशिशें करना लगा। वह मुझे मैसेज

और कॉल करता रहता, लेकिन मैं दृढ थी।

"मुझे माफ कर दो, माफ कर दो...माफ कर दो, उसने एक मैसेज में करीब हजार बार लिखा, ताकि मैं मान जाऊँ और उससे मिलने के लिए हामी भर दूँ। और हम मिले।"

"सुनो, मैं अब और अधिक तुम्हारे साथ नहीं रहना चाहती। कृपया मुझसे जबरदस्ती मत करो," मैंने कहा।

"ठीक है, बाय, लेकिन अभी एक और चीज है?"

"क्या?" मैंने पूछा।

तब उसने ऐसा कुछ किया, जो सोच से भी परे है।

"यह लो तुम, कुतिया," कहकर उसने मेरे ऊपर तेजाब की एक पूरी बोतल उलट दी।

मैं वहाँ चीखने-चिल्लाने लगी, मेरी त्वचा बुरी तरह से जल रही थी और मुझे कुछ भी नहीं दिख रहा था। यह नहीं हो सकता था। मुझे याद है कि मैं वहाँ से जा रही थी और जब मुझे होश आया तो मैं अस्पताल में बिस्तर पर थी।

"मैं कुछ देख क्यों नहीं पा रही हूँ?" तभी मुझे याद आया कि मुझे तेजाब से अंधा कर दिया गया है, हे भगवान्!

"माँ, क्या मैं अंधी हो गई हूँ?"

"एक आँख से बेटा, ऐसा डॉक्टर कहते हैं, तुम्हारी दूसरी आँख पर भी पट्टी बँधी है।"

पापा ने चिल्लाकर बोला, "कौन है वह जिसने तुम्हारे साथ यह किया है, नाम बताओ उसका, मैं उसे छोड़ूँगा नहीं।"

पुलिस के लोगों ने मुझ पर सवालों की झड़ी लगा दी और तानों की भी, "हमने ऐसे कई मसले देखे हैं, जिसमें लड़की लड़के से मिलने जाती है और जब वह उसे समझ नहीं पाता तो उसके साथ ब्रेकअप करना चाहती है," तब लड़का नहीं चाहता और अंत में यही होता है," उन्होंने तेजी से बोला।

"क्या यह बयान देने को तैयार है?" महिला पुलिस ने पूछा। मैं दर्द के कारण जवाब देने में सक्षम नहीं थी, लेकिन मैं उस कमीने को छोड़ भी नहीं सकती थी। मैं उसे सजा दिलाना चाहती थी।

"हाँ लेकिन ठीक से," मेरी माँ ने कहा।

"वह मुझसे, एक ऐसी लड़की से ठीक से बात करने को कह रही है, जो इंटरनेट पर गलत लड़कों से मिली है," पुलिसवाले ने कहा।

मैं किसी को देख नहीं सकती थी, लेकिन हाँ, मैं सब सुन रही थी। इन सब बातों को सुनकर मेरा कोई बयान देने का मन नहीं था। मैं बस इतना चाहती थी कि वे सब वहाँ से चले जाएँ और मुझे अकेला छोड़ दें। लेकिन जब पापा ने बहुत कहा तो मैंने अपना बयान दिया।

हिमांशु जल्द ही गिरफ्तार हुआ।

दो महीने बाद जाकर मुझमें इतनी हिम्मत आई कि मैं अपने आप को आईने में देख सकूँ। मैं भद्दी दिख रही थी। डॉक्टर ने कहा कि बाल जल्दी ही आ जाएँगे। अब मैं जब भी बाहर जाती, अपने चेहरे को दुपट्टे से ढककर जाती। मैं बहुत खराब दिखने लगी थी और अब मैं गोरी भी नहीं थी।

एक और महीना बीता तथा हम अदालत में पहुँचे। सुनवाई के दौरान हिमांशु ने वे मैसेज दिखाए, जो मैंने उसे किए थे और कहा कि मैंने उससे शादी करने से इनकार कर दिया दिया था, जिस कारण गुस्से में आकर उसने मुझ पर तेजाब डाल दिया। उसने अपना गुनाह कुबूल किया, लेकिन मेरे वकील उसके शब्दों को नहीं पकड़ पाए और सवाल-जवाब का सिलसिला बहुत देर तक चला।

"जमानत," जज साहब उसके वकील ने कहा।

"दी जाती है।"

मैं सदमे में थी, हिमांशु केवल तीन महीने में जमानत पर रिहा हो गया था।

इसके बाद मैंने तीन बार आत्महत्या करने की कोशिश की, लेकिन

हर बार मेरी माँ ने सही वक्त पर डॉक्टर को बुलाकर मुझे बचा लिया।

"मैं ही क्यों?" यह सवाल मैं हर रात खुद से करती थी। मुझे अपना चेहरा और त्वचा कितनी पसंद थी! पहले लोग मुझे देखते थे, क्योंकि मैं खूबसूरत थी? लेकिन अब देखते हैं, क्योंकि उन्हें डर लगता है। मैं घर से बाहर कदम रखने से डरती हूँ।

अड़ोस-पड़ोस की कुछ आंटियों को मेरी कहानी बार-बार सुनने और बात करने में बहुत आनंद आता है। अखबारों में यह खबर छपी कि मैंने हिमांशु को धोखा दिया। उन्होंने मेरे द्वारा उसे भेजे मैसेज भी छापे।

क्योंकि मैंने एक लड़के के साथ अपना रिश्ता खत्म कर लिया तो क्या उसे यह हक मिल गया कि वह मुझ पर तेजाब डाल देगा? हर रोज यह सवाल मैं खुद से करती और रोती रहती।

सबसे बेहतरीन बात हिमांशु के पिता की ओर से आई कि क्योंकि मेरा पहले भी एक बॉयफ्रेंड था, तो मुझ पर यकीन नहीं किया जा सकता था। एक इनसान होते हुए वे कैसे अपने बेटे के इस भयानक कृत्य को छुपा सकते हैं?

इसी बीच अदालत में सुनवाई का सिलसिला बदस्तूर जारी रहा और सवाल- जवाबों का अंत नहीं नजर आने लगा।

पाँच सालों बाद अदालत ने अपना फैसला सुनाया कि लड़के को लड़की से शादी कर लेनी चाहिए। उसे जेल में रखने का कोई फायदा नहीं है। वह पहले ही काफी वक्त बरबाद कर चुका है।

मेरी आंटी ने मुझसे कहा, "तुम्हें उससे शादी कर लेनी चाहिए।"

लेकिन मैंने मना कर दिया।

कल कुछ भी हो क्या पता, लेकिन एक बेहतर दिन जरूर आएगा।

मैं एक नौकरी ढूँढूँगी और अपनी जिंदगी दुबारा से शुरू करूँगी।

एक तेजाब का हमला मुझे मेरे होने से अलग नहीं कर सकता है।

□

दादा-दादी का दिन

—नलिनी चंद्रन

सभी लोग स्कूल में दादा-दादी दिवस की उत्सुकता से प्रतीक्षा कर रहे थे। मैं प्रधानाचार्य के कक्ष में उस कुरसी पर बैठी थी, जिसकी वजह से आज मेरी जिंदगी में खुशी व संतुष्टि थी।

मैं बीते हुए पलों को याद कर ही रही थी कि अचानक दरवाजे पर खटखटाने की आवाज हुई। चपरासी ने अंदर झाँका और कहा, ''मैडम, कुछ लोग आपसे मिलना चाहते हैं।''

''उनको अंदर आने को कहो।'' और ऐसा कहकर मैं मेज पर बिखरी हुई उन फाइलों को हटाने लगी, जिनमें मैंने अभी-अभी अपने हस्ताक्षर किए थे।

एक लंबा, झुका हुआ व शर्मीला सा दिखनेवाला आदमी परेशान सा भाव लिये अंदर आया। समय ने उसके साथ अच्छा व्यवहार नहीं किया था। वह मेरे सामने खड़ा हुआ और बोला, ''गुडमॉर्निंग मैडम, मैं रमेश का दादा हूँ और यह मेरी बेटी है।''

जैसे ही मेरी नजरें उनसे मिलीं मेरी कँपकँपी छूट गई और मैं काफी साल पहले की एक शाम में खो गई। एक शाम, जो मेरे मन को कष्ट देती थी, ऐसा जख्म, जो आज तक नहीं भरा था।

मैं उनतालीस साल की कम उम्र में ही विधवा हो गई थी। मुझे अपनी सात, दस और अठारह उम्र की तीन बेटियों को बड़ा करना था।

मेरे पति मेरी ताकत थे और उनके बिना जीवन बहुत ही कठिन लगता था। शुरुआत के दिनों में जब मैंने लगभग हार मान ली थी, तब मैंने अपने बच्चों के लिए अपने आप को हिम्मत बँधाई।

मैंने एक स्कूल शुरू करने का फैसला किया, क्योंकि मुझे पढ़ाना बहुत पसंद था। मैं अपने पति की पूरी नौकरी के समय एक आर्मी स्कूल में टीचर रही। मैंने अंग्रेजी बोलने की कक्षाएँ भी लेनी शुरू कीं, जो बहुत ही चर्चित हुईं। अल्फ्रेड टेनिसन की 'होम दे ब्रॉट हर वॉरईयर डेड' वह कविता थी, जिसे मैं अपने छात्रों को सबसे पहले सुनाती थी। वह कविता मेरे दिल के काफी करीब थी, क्योंकि मेरे पति, जो एक कर्नल थे, की देह को मुंबई से उनके घर केरल लाया गया था।

अपने बल पर खड़ी होनेवाली स्मार्ट युवा विधवा होने के कारण मुझे कटु परीक्षा का सामना भी करना पड़ा। मुँह चिढ़ाना, अपमान करना और अनजान फोन का आना रोज का ही किस्सा बन चुका था। मैंने हिम्मत जुटाई पर तनाव मुझे खाए जा रहा था। मैं बाथरूम में छिपकर रोया करती थी। परंतु मैंने कभी भी अपने दुःख का पता अपने बच्चों को नहीं चलने दिया।

एक बार ऐसी ही एक अनजान कॉल आई, जिसमें एक सख्त सी आवाजवाले व्यक्ति ने मुझ पर बदनामी वाले जीवन जीने का आरोप लगाया। "तुम एक युवा केंद्र चलाती हो न? और मैंने सुना है कि तुम गलत काम भी करती हो! क्या यह सत्य है?"

"मैं माफी चाहती हूँ?"

"जानती हो न जैसे···ड्रग्स, वेश्यावृत्ति और ऐसे ही युवाओं को लुभानेवाले काम," अनजान कॉलर ने आगे कहा।

यह उस अनजान फोन करनेवाले की सभी कॉल्स का सारांश था। आखिरकार मैं उसकी आवाज को सुनते ही फोन को पटकना शुरू कर देती थी। परंतु वह अभद्र कॉल्स जारी रहे। मैं टूटने के कगार पर थी।

फिर मैंने अपने सास-ससुर की मदद ली। मेरे ससुर ने मेरी पूरी

व्यथा सुनी और एक बहुत बढ़िया उपाय सुझाया।

और फिर जब उस कॉलर ने दुबारा फोन किया, तब मैंने कहा, ''देखो मिस्टर, तुम इतनी आसानी से हार माननेवाले नहीं लगते हो। मैं प्रभावित हूँ तुमसे। हमें मिलना चाहिए।''

''अच्छा विचार है। मैं भी तुमसे मिलना पसंद करूँगा!'' उसका उतावलापन स्पष्ट था।

''लेकिन तुमसे मिलने से पहले मैं जानना चाहती हूँ कि तुम करते क्या हो।'' मैंने जोर देकर पूछा।

उसने मुझे अपना नाम बताया और जोड़ा, ''मैं एक स्वतंत्र पत्रकार हूँ। मैं तुम्हारे और तुम्हारी गतिविधियों के बारे में अपने अखबार में लिखने की सोच रहा था।''

''कृपया करके नहीं! मैं एक बेचारी विधवा हूँ, जिसे अपनी तीन बेटियों को पालना है।'' मैंने गुहार लगाई।

''चिंता मत करो, क्योंकि अब तुम मुझसे मिलने के लिए तैयार हो, इसलिए अब सब ठीक हो जाएगा। बताओ हमें कहाँ और कब मिलना है?''

''कल, शनिवार को, तुम्हारे लिए ठीक है? शाम को सात बजे मेरे घर में तुम्हारा स्वागत है।''

''हम होटल में क्यों नहीं मिलते? वहाँ ज्यादा एकांतता होगी,'' उसने कहा और उसने जिस तरह से यह बात कही, मेरी रूह काँप गई।

''फिक्र करने की कोई बात नहीं है। मेरी जगह भी अच्छी है और यहाँ जरूरत का सब सामान भी है।'' मैंने कहा।

अगले दिन शाम को सात बजे मुख्य दरवाजा खुलने की आवाज आई। एक फटीचर से दिखनेवाले अधेड़ उम्र के आदमी ने, जिसके बाल काफी कम हो चुके थे, होंठों व दाँतों पर पान का दाग लगा था और कंधे पर गंदा सा बैग लटका था, घंटी बजाई।

मैंने दरवाजा खोला और उसका अंदर स्वागत किया।

वह निडर होकर अंदर घुसा। चारों तरफ प्रशंसा के भाव से देखा और बोला, ''काफी आकर्षक जगह है। तुम्हारी खुद की है?''

''हाँ!'' मैंने जवाब दिया, ''मेरे पेशे को देखते हुए ऐसा करना जरूरी है।''

जल्द ही हम दोनों मामूली बातों पर चर्चा कर रहे थे। मैं अपना जितना सौंदर्य दिखा सकती थी, दिखा रही थी और वह इसपर फिदा भी हो चुका था। जब तक मेरी बड़ी बेटी चाय और बिस्कुट लाई, तब तक मेरा अनजान मेहमान आराम में आ चुका था। ''क्या यह तुम्हारी बेटी है? बहुत सुंदर है,'' उसने कामुकता से पूछा।

मैंने उकसानेवाली हँसी हँसी, ''भाग्य से भगवान् ने मुझे तीन बेटियाँ दी हैं, जोकि इस धंधे के लिए बिल्कुल उपयुक्त हैं।''चिंता मत करो। अब से मैं आप का संरक्षक हूँ। मैं आप का नियमित ग्राहक रहूँगा।''

''आप कितने अच्छे हैं!''

''कितने दुःख की बात है कि आप इतनी कम उम्र में विधवा हो गईं। आपके पति कप्तान थे न?''

''नहीं वे कर्नल थे, यही मेरी किस्मत है। हमारे समाज में जीने का और कौन सा तरीका है?''

शायद मैंने अपना नाटकीय व्यवहार आवश्यकता से अधिक कर दिया था, क्योंकि वह जोर से बोला, ''रोना बंद करो। तुम जैसी सुंदर औरत को तो कोई भी दिक्कत नहीं होनी चाहिए। जैसाकि मैंने तुम्हें पहले ही बताया था, मैं तुम्हारा ध्यान रखूँगा।''

''धन्यवाद।''

फिर वह थोड़ा अधीर होने लगा, ''क्या हम तुम्हारे कमरे में चलें?'' उसने पूछा।

''थोड़ा रुककर, अगर तुम बुरा न मानो तो,'' मैंने कहा।

परंतु वह उस भाव के साथ खड़ा हो गया, जिससे साफ पता चल

रहा था, ''अब देरी करना बंद करो। जिस काम के लिए मैं यहाँ आया हूँ, उसे पूरा करते हैं।''

मैं समझ गई थी कि अब मेरा समय (या मैं उसका समय कहूँ) खत्म हो चुका था, ''ठीक है जनाब,'' मैंने कहा। ''लेकिन मैं तुम्हारी खातिर करूँ, उससे पहले एक छोटा सा काम बाकी है। मैं तुम्हें अपने कुछ नियमित ग्राहकों से मिलवाना चाहती हूँ। मुझे लगता है कि तुम्हें उनसे मिलना अच्छा लगेगा, खास तौर पर इसलिए, क्योंकि तुम एक पत्रकार हो।''

''तुम क्या कह रही हो?'' उसने चौंकते हुए कहा।

मैं अगले कमरे में गई और चिल्लाई, ''श्रीमान, कृपया बाहर आइए।''

एक सफेद बालों व शांत सा दिखनेवाला आदमी बाहर आया, साथ में उसकी साठ वर्षीय बीवी भी थी।

श्रीमान अ ब स, कृपया श्रीमान ब से मिलें, एक सेवानिवृत्त उच्च न्यायालय के जज और ये उनकी पत्नी। श्री ब, ये श्री अ ब स हैं, एक स्वतंत्र पत्रकार।''

फिर मैं वापस उस कमरे में गई और उस प्रक्रिया को दोहराया। कुछ ही देर में मेरा उत्पीड़क पसीने-पसीने होने लगा था। उस कमरे में मेरे कई दोस्त खड़े हुए थे। एक जज था, एक डॉक्टर, एक लेक्चरर, एक फार्मेसिस्ट और उनकी पत्नियाँ। और अंत में मेरे सास-ससुर आए।

वह घिनौना बदमाश रोने की कगार पर आ चुका था, पर मैंने अपना चूहा-बिल्ली का खेल जारी रखा। मैंने कहा, ''तुमने कहा था कि तुम मेरे जघन्य कामों के बारे में लिखना चाहते थे। क्या अब हम अपना साक्षात्कार शुरू करें?'' वह जैसे ही कसमसाया मैंने उसे और परेशान किया, ''तुम कुछ भी लिखने के लिए स्वतंत्र हो, पर अगर उसमें जरा सा भी झूठ हुआ तो मैं तुम पर मुकदमा दायर कर दूँगी।''

और जज ने अपनी बात रखी, ''और मैं तुम्हारा केस लड़ूँगा।

बेहतर होगा, हम सीधे पुलिस को ही बुला लें।'' वे खड़े हो गए।

वह पत्रकार मेरे पैरों पर गिर पड़ा, रोने लगा, ''बहन, कृपया इस मामले को अदालत में न ले जाओ। पुलिस को भी मत बुलाओ। मुझे अपने भाई जैसा समझो।''

मेरे ससुर ने थूकते हुए कहा, ''भाई! खबरदार, जो तूने अपने गंदे हाथों से मेरी बेटी के पैर छूकर उन्हें गंदा किया। क्या तेरे घर में माँ या बहन या बीवी नहीं है? अगली बार किसी असहाय महिला को ब्लैकमेल करने से पहले इस वाकये को याद कर लेना। भाग जा यहाँ से!''

वह कमीना आदमी तुरंत भाग गया।

और आज, इतने सालों बाद वह मेरे सामने खड़ा था। एक दादा, जो अपने पोते के स्कूल के वार्षिक उत्सव में भाग लेने आया था। उसने मेरी तरफ देखा और उसकी आँखों में एक पल के लिए डर और चिंता दिखाई दी।

मगर मैंने उसपर से नजर हटाकर उन माँ–बेटे की जोड़ी को देखा, जो उसके साथ आए थे। ''ओह रमेश, तो तुम अपने साथ अपने दादाजी को लाए हो, अपने स्कूल और टीचर्स से मिलवाने के लिए,'' मैंने कहा।

उसकी माँ हँसते हुए बोली, ''ओह, इसने पापा को जब तक आने के लिए मना नहीं लिया, तब तक शांति से नहीं बैठा।''

इतना सुनते ही वह बच्चा दौड़कर मेरे पास आया और गले लग गया। ''दादाजी ये मेरी सबसे पसंदीदा टीचर हैं और मैं इन्हें इतना प्यार करता हूँ,'' उसने अपना हाथ फैलाकर दिखाते हुए कहा।

मैंने भी कहा, ''और मैं भी तुमको बहुत प्यार करती हूँ, मेरे बच्चे। मुझे बताओ ये कैसे दादा हैं? क्या तुम्हें ये कहानियाँ सुनाते हैं? हाथियों की और भगवानों की तथा दुष्ट आदमियों की, जो परेशान औरतों को छेड़ते हैं? चमत्कार की?''

इस पर उस माँ ने बोला, ''पापा तो रमेश पर जान छिड़कते हैं।''

मैंने बच्चे को अपनी गोद में बिठाया, ''तुम बहुत किस्मतवाले हो,

जो तुम्हें इतना प्यार करनेवाले दादाजी मिले हैं। अब क्योंकि ये बूढ़े हो चुके हैं, तुम इनसे बहुत कुछ सीख सकते हो। मेरी तीन बेटियाँ हैं और जब वे छोटी थीं, तब भगवान् ने उनके पापा को उनसे छीन लिया था। इसलिए मुझे उन्हें बड़ा करने में बहुत परेशानियाँ आईं। और तुम्हारे दादाजी जैसे ही लोग थे, जिन्होंने मुझे जीवन का सामना करने की हिम्मत तथा धैर्य दिया।''

मैं उस वृद्ध आदमी की तरफ देखकर मुसकराई, जिसका सिर झुका हुआ था और गाल पर से आँसू बह रहे थे। तब मैंने उनसे कहा, ''चिंता न करें, आपका पोता हमारे पास सुरक्षित है।''

□

उदयन का प्रभाव

—प्रवीण पी. गोपीनाथ

सन् 2006 में मैंने अपना कॉलेज खत्म कर लिया था और दुबई में रहने के लिए संघर्ष कर रहा था। मैं जीवन के बहुत ही कठिन दौर से गुजर रहा था, जब मैं अपने दोस्त के माध्यम से उदयन नाम के व्यक्ति से मिला। उदयन दुबई की एक फूल बेचनेवाली दुकान में फूल देने का काम करता था और महीने में 900 दिरहम पगार पाता था। वह मुझसे 10 साल बड़ा था और मुझे 'अनिया' कहकर बुलाता था जिसका मतलब मलयालम में 'छोटा भाई' होता है। इसलिए मैं उसे 'एत्तन' या 'बड़ा भाई' बुलाता था।

मेरा दुबई का वीसा कुछ ही दिनों में खत्म होनेवाला था। मुझे कम-से-कम पंद्रह दिनों का और समय चाहिए था, ताकि मैं कंपनी से अपने काम का भुगतान ले सकूँ। तथा मेरी आर्थिक स्थिति ऐसी नहीं थी कि मैं भारत वापसी के लिए टिकट खरीद सकूँ। मेरी हालत इतनी ज्यादा खराब थी कि मुझे मेरे किराए के घर से किसी भी वक्त निकाला जा सकता था। मैं तीन सौ दिरहम के लिए बेताब था; इन पैसों से आनेवाले कुछ दिनों का खर्चा चल जाता, जब तक कंपनी से पैसा नहीं आता। पर हर किसी पहचान वाले ने मुझे उधार देने से मना कर दिया।

आखिरकार मैंने उदयन एत्तन को पैसों के लिए फोन किया, यह जानते हुए कि उसका वेतन केवल 900 दिरह : है और वह आधे से

ज्यादा पैसा अपने परिवार को हिंदुस्तान में भेज देता है। मेरी परेशानी सुनते ही उसने मुझसे पूछा कि क्या तुम्हारे पास ममजार तक आने के पैसे हैं? मेरी खामोशी से उसे उसका उत्तर मिल गया। उसने मुझसे शारजाह से ममजार टैक्सी लेकर आने को कहा और ममजार पहुँचने पर मुझे उसे फोन करना था।

वायदे के मुताबिक वह मेरा इंतजार अल ममजार सेंटर पर कर रहा था। उसने टैक्सी के पैसे दिए, फिर मुझे होटल में खाना खिलाने ले गया और तीन सौ दिरहम, जो मैंने उससे माँगे थे, उसने दिए। उसने मेरा परिचय होटल के मालिक से अपने छोटे भाई के रूप में कराया और जब भी मैं वहाँ खाना खाने आऊँ तो उसका हिसाब पट्टू किताब में लिख दें, जिसका वह महीने के आखिर में हिसाब कर देगा। उसने मुझे अपने कमरे में सोने के लिए जगह भी दी, पर मैं उसे अलविदा कहकर शारजाह वापस आ गया।

पंद्रह दिन बाद मुझे मेरा बचा हुआ पैसा कंपनी से मिल गया और एयरपोर्ट जाते समय मैं उदयन एत्तन के पास उनसे लिया हुआ उधार चुकाने गया। पहले तो पैसे लेने से मना कर दिया पर, बाद में अपने को बड़ा भाई जताते हुए 200 दिरहम वापस ले लिये और 100 दिरहम मुझे रखने की हिदायत दी।

कई साल बीत गए। सन् 2011 में मैंने उन्हें त्रिवेंद्रम की एक दुकान के बाहर खड़ा देखा। वे मुझे ढूँढ़ रहे थे। वे पहले से बहुत अलग दिख रहे थे। उनकी नौकरी चली गई थी और वे अपनी बीवी के घर दो बच्चों के साथ रह रहे थे। जब मेरी उनसे बातचीत शुरू हुई तो मुझे इस बात का आभास हो गया कि वे कुछ मदिरा का सेवन करके आए हैं। उन्होंने मेरे कपड़ों की ओर देखा और मजाक उड़ाते हुए कहा कि तुम तो अब रईस हो गए हो।

मैं मुसकराया और फिर कुछ देर बाद हम एक पास की ही चाय की दुकान पर चले गए। चाय पीते-पीते उन्होंने मुझे बताया कि नौकरी

के बिना उनकी जिंदगी बहुत कठिन हो गई है और ऊपर से अदालत में मुकदमा भी चल रहा है। मैंने उन्हें पंद्रह सौ रुपए दिए, पंद्रह सौ रुपए लगभग 100 दिरहम के बराबर होते हैं, जो कि उन्होंने बिना कुछ कहे चुपचाप रख लिये।

कुछ दिनों बाद वे फिर से दुकान पर आए और मुझे बाहर बुलाया तथा मुझसे पाँच सौ रुपए और माँगे। फिर कुछ दिनों बाद वे फिर से आए और इस बार एक हजार रुपए के लिए आग्रह किया। मेरे रिश्तेदार, दोस्त और नौकर-चाकर यह सब होते हुए देख रहे थे। तब उन्होंने मुझे चेताया कि यह आदमी मुझे 'अनिया' कहकर मेरा फायदा उठा रहा है।

वैसे तो मैं बिना काम के कभी भी अपने पैसे किसी को नहीं देता, मैं अपने सबसे प्रिय मित्र को भी पैसे देने के लिए मना कर सकता हूँ; पर न जाने क्यों मैं उदयन एत्तन को मना नहीं कर पाया। मेरा दिमाग मुझसे बार-बार कह रहा था कि वह मेरा फायदा उठा रहा है, पर दिल मानने को तैयार न था। उसने मुझे तीन सौ दिरहम तब दिया था, जब वह खुद नौ सौ दिरहम कमाता था। उसने पैसे वापस मिलने की भी कोई उम्मीद नहीं की थी। सो यदि मैं उसे थोड़ा रुपए अभी दे भी रहा हूँ, तो भी यह उसके कृत्य के सामने बहुत छोटा है।

इन सबके बावजूद कई बार मुझे उसके ऊपर बहुत गुस्सा आता, क्योंकि कभी-कभी वह मुझसे शराब पीकर भी पैसे माँगने आता। वह मेरी बात एक छोटे बच्चे की तरह सुनता और फिर कुछ दिनों बाद पाँच रुपए का चॉकलेट या मंदिर का प्रसाद मेरे लिए लेकर आता। मेरे रिश्तेदार और नौकर मुझे यह कहकर चिढ़ाते कि मैं वह शख्स हूँ, जो पाँच रुपए की चॉकलेट और मंदिर का मुफ्त सिंदूर किसी से हजार रुपए में खरीदता हूँ।

कई साल बीत गए। एक दिन मैं अपनी दुकान पर पहुँचा। मेरे कर्मचारी ने मुझे बताया कि जो शख्स मुझसे लगातार पैसे लेना चाहता है, कुछ ही देर पहले आकर चला गया। मैंने सोचा कि अच्छा हुआ कि

कुछ और पैसों का नुकसान नहीं हुआ, मैं मुसकराया।

मैं काउंटर पर बैठ गया और मेरे कर्मचारी ने मुझे उदयन एत्तन द्वारा छोड़ा हुआ एक लिफाफा लाकर दिया। मैंने उस अखबार से ढके चौकोर लिफाफे को देखकर सोचा कि यह बिस्कुट का पैकेट होगा। मेरे दिमाग में यह भी खयाल आया कि अब वह मुझसे ज्यादा पैसे तो नहीं माँगेगा, पर पैकेट खोलने के बाद मैं आश्चर्यचकित रह गया। मैंने पैकेट में पाँच सौ रुपए के नोटों की दो गड्डियाँ देखीं। कुल वे एक लाख रुपए थे। उस पैकेट के साथ में एक कागज भी था, जिसमें मलयालम भाषा में अलग-अलग रंगों से लिखा मेरे से लिये हुए पैसों का पूरा लेखा-जोखा था। कुल मिलाकर पूरा कर्जा 77,350 रुपए था।

चकित होकर मैंने उसे फोन किया और वह हँसने लगा। उसने कहा, ''मैंने अपने पूर्वजों की जायदाद चेंपजहंति के निकट को पैंतालीस लाख में बेच दिया। आज उसकी रजिस्ट्री थी और मुझे पूरा पैसा मिल गया। इसलिए मैं तुमको शुक्रिया कहने और तुम्हारे द्वारा की गई मदद के लिए आपकी दुकान गया था।''

''पर तुमने मुझे ज्यादा पैसे क्यूँ दिए?''

वह हँसा और कहा, ''मैं तुम्हारा बड़ा भाई हूँ और तुम छोटे हो। छोटा भाई हमेशा बड़े से पैसे ले सकता है, पर बड़ा ऐसा नहीं कर सकता है। जाओ, जाकर बचे हुए पैसों की चॉकलेट खरीद लो। मैं तुमसे एक-दो दिन में आकर मिलूँगा।''

उसने फोन काट दिया।

मैं बैंक की तरफ पैसा जमा करने के लिए जाने लगा और उदयन एत्तन के बारे में सोचने लगा। मैं तो यही सोचता था कि वह मुझे अनिय इसीलिए बुलाता हैं, ताकि मुझसे पैसे माँग सकें। अगर दुबई में उसने मेरी मदद न की होती तो मैं उसे कभी भी पैसे उधार न देता।

उसने कभी भी मुझे ये नहीं कहा था कि वह मुझे पैसे वापस दे देगा, सिर्फ इसलिए क्योंकि वह मुझे अपना भाई मानता था। मुझे हमेशा

अपनी उपलब्धियों पर गर्व था, पर उस दिन मैं हमेशा से ज्यादा खुश था, इसलिए नहीं कि मुझे मेरे पैसे वापस मिल गए थे, बल्कि इसलिए कि एक अनजान आदमी मुझे अपना समझता था। मुझे उसका 'अनिया' कहलाने पर गर्व होता था।

क्या आप कभी अपने उदयन एत्तन से मिले? मूर्ख मत बनिए, वे सबसे अच्छे कपड़ों में नहीं होंगे, न ही व्यवहारकुशल होंगे। आप योजनाबद्ध तरीके से भी उनसे नहीं मिल सकते। वे आपको, एक दिन, अप्रत्याशित तरीके से मिल जाएँगे।

□

विदा लेने का समय नहीं

—नेहा गर्ग

बारिश में डूबी वह मुंबई की एक खूबसूरत शुक्रवार की शाम थी। चमचमाती सड़कें और रंग-बिरंगी रोशनियाँ मुझे अपनी ओर आकर्षित कर रही थीं। दफ्तर की चारदीवारी के बाहर एक खूबसूरत दुनिया थी, जिसका मैं हिस्सा बनना चाहती थी। अपना दिन का काम खत्म करके मैंने चैन की साँस ली और सोचा, घर जाने का समय हो गया।

मैंने अपना दफ्तर शाम के करीब 7:20 पर छोड़ा। अभी भी बूँदाबाँदी हो रही थी। मैं, खार रोड पर रेलवे स्टेशन की ओर जाती हुई, अपना उस वक्त का सबसे पसंदीदा गाना 'बहारा' सुन रही थी। रास्ते में मैंने अपनी रूम पार्टनर साक्षी को फोन किया और मैंने उसे बताया कि आधे घंटे में मैं घर पहुँच रही हूँ। मैं स्टेशन पहुँची और चर्चगेट जानेवाली लोकल में फर्स्ट क्लास महिला डिब्बे में चढ़ गई। मुझे चलती ट्रेन में खड़ा होना अच्छा लगता था। बालों में लगती ठंडी हवा, चेहरे पर पड़ती बारिश की बूँदें और शुक्रवार की शाम में मुझे बहुत आनंद आ रहा था।

मन में छुट्टी में कुछ-कुछ करने की लिस्ट बनाते हुए एकाएक याद आया कि मुझे एक महत्त्वपूर्ण कॉल करनी थी। मुझे सार्वजनिक जगहों पर फोन पर बात करना अच्छा नहीं लगता था। मैंने एक पल के लिए सोचा, अभी फोन नहीं करूँगी, घर पहुँच कर करूँगी। फिर मैंने अपना मन बदलते हुए अपनी दोस्त को फोन किया। उसने फोन नहीं

उठाया और मैंने फोन काट दिया। जैसे ही मैं फोन को बैग में डालनेवाली थी कि एक मैसेज आ गया। मैंने मैसेज को पढ़ने के लिए फोन खोला ही था कि अचानक से मैं ट्रेन के बाहर थी।

मुझे लगा कि मृत्यु भी ऐसी ही लगती होगी। न ही मेरे जीवन के पलों की याद मेरे आँखों के सामने से गुजरी थी और न ही किसी चेहरे की याद। वह एक सादा सा खालीपन था शून्य से भरा सागर! रेलवे ट्रैक के बीच में मैं सिर के बल जोर से गिरी और वह क्षण मुझे अनंतकाल से भी लंबा लगा।

मैं मरी नहीं थी।

मुझे एक मिनट से ज्यादा यह समझने में लगा कि मैं कहाँ थी, मैंने किसी को बिजली के खंभे से नीचे उतरते देखा, जो कि मेरा फोन लेकर ट्रैक की तरफ दौड़ा। मैं होश में थी और मैंने भगवान् को हर छोटी कृपा के लिए धन्यवाद दिया।

धीरे-धीरे मैंने खड़े होने की कोशिश की, यद्यपि मेरा शरीर कुछ महसूस नहीं कर पा रहा था। मैं बहुत डरी हुई थी। मेरे आस-पास किलोमीटरों तक केवल रेल की पटरियाँ ही थीं। मुझे समझ नहीं आ रहा था कि मैं क्या करूँ? मैंने अपना दिमाग चलाना शुरू किया।

बिजली के खंभे पर बैठे एक आदमी ने मुझे चलती ट्रेन से बाहर खींचा था। मैं गिर पड़ी थी, पर मैं जिंदा थी। मैं खंभे और रेल की पटरियों में भिड़ने से बाल-बाल बची थी। मेरा फोन खो चुका था और इसके साथ ही मेरा दुनिया से रिश्ता खो गया था। पर मेरा झोला मेरे साथ था। मेरा लैपटॉप वाला बैग ट्रेन में ही था। जो कि अब अपने गंतव्य तक पहुँच गया होगा। मैं भी अब तक घर पहुँच चुकी होती। पर मैं पटरियों पर पड़ी हुई थी, बिल्कुल अकेले। मैंने पिछली रात हुए कमला मिल रेप हादसे के बारे में याद किया और मैं डर गई। मुंबई अब सुरक्षित शहर नहीं रह गया था, जिसे अब मैं अपना घर कहने लगी थी। अब इसकी गलियों में भी दिल्ली की तरह खतरा पलने लगा था।

डरते हुए मैंने रेलवे की पटरी पर चलना शुरू किया, क्योंकि ऐसे ही पटरी पर पड़े रहना अच्छा विचार नहीं था। जल्द ही मैंने दूर से एक ट्रेन आती देखी। कोई दूसरा विकल्प न होने के कारण मैंने अपने हाथ हिलाना शुरू कर दिया, इस आशा के साथ कि ट्रेन मुझे देखकर रुक जाएगी। और ऐसा ही हुआ। ट्रेन के मोटरमैन ने मुझसे पूछा कि क्या हुआ, और मैंने टूटे-फूटे शब्दों के साथ उसका जवाब दिया। उसने मुझे ट्रेन में बैठने को कहा। जब भी मैं उस पुराने वक्त को याद करती हूँ, मुझे याद नहीं आता कि ऐसा मैंने कैसे किया? मेरा शरीर थका हुआ था और दिमाग बंद था।

मैं बांद्रा स्टेशन पर उतर गई और रेलवे पुलिस को खोए लैपटॉप बैग के बारे में सूचित किया। उन्होंने सहायता केंद्र को फोन किया और मुझे आश्वस्त किया कि बैग मिल जाएगा। मैं इन सब चीजों से छुटकारा पाना चाहती थी, ताकि मैं घर जाकर गहरी नींद ले सकूँ। उस वक्त मुझे अपने खोए फोन की कोई चिंता नहीं थी।

तभी मुझे पता लगा कि जिस ट्रेन से मैं गिरी थी, वह पहले ही बांद्रा स्टेशन पहुँच चुकी थी और उस ट्रेन के यात्रियों ने स्टेशन मास्टर को इस घटना के बारे में अवगत करा दिया था। पुलिस अधिकारियों की एक टुकड़ी मुझे ढूँढ़ने के लिए रेलवे ट्रैक पर जा चुकी थी। मुझे स्वीकारना होगा, उस घटना के दौरान मुझे अजीब तरह से खास महसूस हो रहा था। तब तक मुझे ऐसा लगता था कि यदि मैं एक दिन के लिए कहीं खो जाऊँ तो मुझे कोई ढूँढ़ने नहीं आएगा। पर यहाँ कुछ अनजान लोग एक घायल गुमनाम महिला की सुरक्षा के लिए चिंतित हो रहे थे।

जब मैं अधिकारियों को पूरी कहानी बता रही थी, तभी उन्हें खोजी दल द्वारा एक व्यग्र कॉल आई। उस कॉल द्वारा सूचित किया गया कि उन्हें रेलवे ट्रैक पर कोई नहीं मिला। अब अधिकारियों को समझ आ गया कि मैं ही वह खोई हुई लड़की थी, जिसकी वे तलाश कर रहे थे।

जब उन्होंने मुझसे पूछा कि मैं किसे फोन करना चाहती हूँ, तो मैं भौंचक्की रह गई। मेरे सभी दोस्तों के नंबर फोन के साथ ही खो गए थे। मुझे केवल अपने माता-पिता का नंबर याद था और मैं उन्हें बताना नहीं चाहती थी, क्योंकि वे हजारों किलोमीटर दूर बैठे थे और इस घटना से उनका सुकून भरा जीवन उथल-पुथल हो जाता।

अचानक प्लेटफॉर्म पर हलचल होने लगी और मुझे समझ आ गया कि इस हलचल का कारण मैं हूँ। कुछ पुलिस अधिकारी मुझे ढूँढ़ते हुए आए। मुझे सुरक्षित गाड़ियों में पुलिस स्टेशन ले जाया गया। एफ.आई. आर लिखी गई, मेरा लैपटॉप बैग मुझे मिल गया और मेरी देखभाल के लिए एक महिला सिपाही और एक पुलिस अधिकारी मेरे निकट ही थे।

फिर मुझे एक हॉस्पिटल ले जाया गया। उस क्षण मुझे ऐसा महसूस हुआ कि मैं एक बाहरी होकर अपनी जिंदगी में झाँक रही हूँ। मुझे कुछ समझ नहीं आ रहा था और मैं केवल सरकारी कर्मचारियों को उनका काम करते देख रही थी।

जब तक मैं डॉक्टर का इंतजार कर रही थी, मैंने अपने झोले में किसी परिचित की जानकारी के लिए खोजबीन की, मगर सब निष्फल था। मेरे पास कोई भी नंबर नहीं लिखा था। तभी मैंने पर्स की खोजबीन शुरू की। वहाँ मुझे पुराने बिजनेस कार्ड और किराने की दुकानवाले का नंबर मिला। अंततः मैंने अपना बिजनेस कार्ड निकाला और इस आशा के साथ ऑफिस का नंबर लगाया कि कोई वहाँ फोन उठाएगा। मैं सोच रही थी कि वे किसी को बुलाकर मुझे घर भिजवा देंगे। आश्चर्य से मेरे सहकर्मी ने फोन उठाया। रोते हुए मैंने उसे पूरी बात बताई और वह दो और सहकर्मियों के साथ भागा-भागा पंद्रह मिनट में अस्पताल पहुँच गया। काफी जाँचों, एक्स-रे व सोनोग्राफी के बाद मुझे वापस पुलिस स्टेशन ले जाया गया। कुछ औपचारिकताएँ पूरी करने के बाद उन्होंने मुझसे घर जाने को कहा।

किसी तरह से मैं घर पहुँच गई और बिस्तर पर पड़ते ही सो गई।

उस रात जितना भी गलत हो सकता था, हो गया। फिर भी सब सही हो गया। जख्मों में बहुत दर्द हो रहा था, पर जिंदा बच जाने की खुशी भी थी। क्या कुछ हो सकने का झटका जितना ज्यादा था, उससे बड़ी खुशी इस बात की थी, क्या कुछ होने से बच गया। ब्रह्मांड ने मुझे जिस तरह से भी आशीर्वाद दिया था, उसे तर्क से समझा नहीं जा सकता था।

उस रात मेरे लिए दूसरा जन्म था। आखिरकार अभी मेरा जाने का समय नहीं हुआ था।

□

गोंडा विले की ट्रेन

—ईला गौतम

मैं भीड़-भड़ाकेवाले पुणे रेलवे स्टेशन पर खड़ा अपनी बीस वर्षीय बेटी रिजू का मुंबई से आने का इंतजार कर रहा था। रात के लगभग 8:30 बज चुके थे; इस समय पूरा पुणे शहर स्टेशन पर ही क्यों आ गया था? तार्किक रूप से देखा जाए तो ऐसा नहीं था, पर इतनी भीड़ देखकर मुझे पुणे स्टेशन कुंभ मेले जैसा लग रहा था। मौसम भी अच्छा नहीं था। यह ऊमस का जुलाई वाला महीना था और बारिश भी हलकी-फुलकी ही हो रही थी।

रिजू हैदराबाद में तीन वर्षीय पाठ्यक्रम का अध्ययन कर रही थी और प्रशिक्षण के लिए मुंबई आई हुई थी, क्योंकि वह घर के काफी करीब थी और उसका अभी पहला ही हफ्ता था, इसलिए वह छुट्टी में घर आ गई।

हम 'डेक्कन क्वीन' की प्रतीक्षा कर रहे थे। मैं और मेरे पति शेखर अनावश्यक रूप से चिंतित नहीं थे। यह ट्रेन भरोसेमंद मानी जाती थी और कभी-कभार ही लेट होती थी। पर जब उसके आने का ठीक समय होने पर भी वह नहीं आई तो हमें चिंता होने लगी। रिजू का फोन भी बिजी जा रहा था। मैंने शेखर से कहा, "तुम पूछताछ काउंटर पर जाकर क्यों नहीं पता करते? हो सकता है ट्रेन आज प्लेटफॉर्म एक पर ही न आ रही हो। मैं निकास द्वार पर इंतजार करती हूँ।"

जब शेखर गया हुआ था, तब मैंने असफलता के साथ कई बार रिजू को फोन लगाने की कोशिश की। हजारवीं बार कोशिश करते समय अचानक से मेरा फोन बजने लगा। मैंने हड़बड़ी से फोन को अपने कान पर से हटाया। स्क्रीन पर किसी अनजान कॉलर का नंबर था। मैंने स्टेशन की आवाज को काटते हुए फोन उठाया। वह रिजू का था।

''मेरा फोन बंद हो गया है, क्योंकि आज मुझे उसे चार्ज करने का बिल्कुल भी समय नहीं मिला। मैंने एक साथी यात्री का फोन माँगा है। माँ, हमारी ट्रेन बाढ़ की वजह से फुगेवादी नामक स्टेशन पर रोक दी गई है और हमें ट्रेन से उतरने के लिए कहा गया है। मैं क्या करूँ? ट्रेन खाली हो रही है। जो परिवार मेरे साथ यात्रा कर रहा था, वह पास ही बने एक कैंप में चला गया है। क्या मुझे उनके साथ जाना चाहिए?''

मैंने जल्दी से सोचा, ये लोग कौन हैं? क्या उनके साथ जाना सुरक्षित है? हम उसके साथ दोबारा कैसे बात करेंगे, जबकि उसका फोन काम नहीं कर रहा है?

''नहीं, ट्रेन में ही रुको,'' मैंने कहा।

पर उसने मुझे बीच में ही टोका, ''पर सभी लोग ट्रेन से उतर रहे हैं, इसलिए अकेले ट्रेन में रुकना सुरक्षित नहीं होगा।''

मुझे उसकी बात समझ आई। ''ठीक है, तुम सार्वजनिक जगह पर सुरक्षित रहोगी। फुगेवादी के बस स्टैंड पर जाओ। हम उसको ढूँढ़ते हुए जितनी जल्दी आ सकते हैं, आएँगे। तुम वहाँ से कहीं जाना मत, नहीं तो हम तुम्हें ढूँढ़ नहीं पाएँगे,'' मैंने उसे फोन कटने से पहले चेताया।

शेखर बातचीत के अंत पर पहुँचा था। मैंने उसे पूरी बात बताई। उसे भी पूछताछ काउंटर से यही बात पता चली थी, लेकिन ट्रेन की सटीक जगह की जानकारी भी मिल गई थी। हम पुणे में नए थे और इसलिए हमें फुगेवादी या 'डेक्कन क्वीन' और या अपनी बेटी की कोई जानकारी नहीं थी।

उस भीड़, गीले, मिट्टी और फिसलन भरी जगह पर जितनी तेजी

से बाहर निकल सकते थे, निकल गए। हम कार तक पहँचे, अंदर बैठे और चैन की साँस ली। शेखर ने जल्दी से गाड़ी को स्टेशन से बाहर भीड़ से भरी सड़क पर निकाल लिया।

बारिश अभी भी हो रही थी। गाड़ी में बड़े व तेज वाइपर होने के बावजूद अँधेरे में सड़क कम ही दिख रही थी। स्टेशन के शोर से दूर मैंने वीरान सड़कों का आभास किया। कौन इस समय ऐसी सड़कों पर चलता होगा? वैसे तो शेखर गाड़ी धीरे ही चलाते थे, पर आज हम दोनों के चिंतित होने की वजह से वे हमारी मारुति 800 को काफी तेज चला रहे थे। सड़क की स्थिति बहुत ही खराब थी और बारिश की वजह से क़ाफी गड्ढे हो चुके थे। यह बहुत ही खराब सफर था, पर हमारा ध्यान उस पर नहीं जा रहा था। हम एक जगह पर रास्ता पूछने के लिए रुके, हमें संक्षिप्त में रास्ता बताया गया और हम यूनिवर्सिटी के लिए आगे बढ़ गए।

काफी देर हो चुकी थी और क्योंकि मैं अभी दिल्ली से आई थी, इसलिए मुझे जवान, अकेली लड़की की चिंता ज्यादा हो रही थी। अपहरण, हत्या और बलात्कार जैसी बातों की तरफ दौड़ते मन को मैंने समझाने की कोशिश की कि सब ठीक हो जाएगा। आखिरकार हम पुणे में थे, जहाँ हालात दिल्ली जैसे नहीं थे।

मैंने शांति को तोड़ते हुए पूछा, "उस आदमी ने कहा था कि हमें इस सड़क पर सीधा जाना होगा। क्या हम ऐसा कर चुके हैं?"

"नहीं, अभी नहीं," मेरे पति ने मुझे जवाब दिया और फिर शांत हो गए।

मुझे रिजू पर गुस्सा आ रहा था। वह इतनी लापरवाह क्यों है? उसे अपने फोन को चार्ज करने की भी चिंता नहीं हुई! फोन होने का क्या मतलब है, अगर तुम उसका इस्तेमाल नहीं कर सकते, जब उसकी जरूरत पड़े? आपदा आने से पहले कभी भी बताती नहीं है कि वह आनेवाली है। जब मैं उससे मिलूँगी? तब उसे बहुत डाँटूँगी। कितनी

लापरवाह लड़की है! लेकिन मैं दिल-ही-दिल में प्रार्थना भी किए जा रही थी, हे भगवन् मेरी बेटी को सुरक्षित रखना। वह कहाँ है? उसके आस-पास क्या हो रहा है?

जब हमने एक पुल को पार कर लिया, तब मैंने महसूस किया कि जो दिशा और स्थान हमें बताए गए थे, वह उनसे मेल नहीं खाते थे, जो हम देख रहे थे। मैं शेखर की तरफ मुड़ी और पूछा, ''उस आदमी ने कहा था कि हमको दाएँ जाने पर एक सड़क मिलेगी पर मुझे तो यहाँ कोई सड़क नहीं दिख रही। क्या हम सही दिशा में जा रहे हैं?''

अत्यधिक चिंतित होने के कारण शेखर ने मुझसे हाँ-में-हाँ मिलाई, ''मैं भी यही सोच रहा था'', उसने कहा।

रास्ते में बहुत ही कम लोग आ-जा रहे थे। हमें यकीन हो गया था कि हम गलत सड़क पर हैं, पर अब हम क्या कर सकते थे?

फिर हमने दो जवान आदमियों को हमारी ही दिशा में तेज गति से आते हुए देखा। हमने रुककर उनसे फिर से दिशा पूछी। एक बोला, ''ओह आप तो गलत सड़क पर आ गए हैं! यहाँ से पीछे मुड़ जाइए और पुल को पार करके मूल नदी के दूसरी तरफ जाइए, फिर आप ब्रेमेन चौक तक वापिस जाइए और वहाँ से दाईं ओर जानेवाली सड़क पर जाइए।''

हे भगवान्! वैसे ही बहुत देर हो चुकी थी और अब हमें फिर से बहुत पीछे जाना पड़ेगा, सही सड़क पर जाने के लिए। मैंने आशा से पूछा, ''क्या कोई छोटा रास्ता नहीं?''

उस आदमी ने 'ना' में सिर हिलाया और कहा, ''नहीं, आपको वापस ही जाना पड़ेगा।''

हमारे पास कोई दूसरा रास्ता नहीं था, अतः हम उन्हें धन्यवाद देकर पीछे वापस मुड़कर ब्रेमेन चौक की ओर जाने लगे। अपनी घड़ी की ओर देखने की हिम्मत नहीं हो पा रही थी। काफी समय बाद हम उस चौक पर पहुँचे और दाईं तरफ जानेवाली सड़क पर चले गए।

अचानक हमें अपनी कार की रोशनी में एक चिह्न दिखाई दिया, जिसपर लिखा था—फुगेवादी। लेकिन वहाँ पर कोई भी गाड़ियाँ जाती नहीं दिख रही थीं और न ही कोई आदमी दिख रहा था जिससे कि हम बस स्टैंड तक का रास्ता पूछ सकें। हालाँकि हमने एक समूह को एक धीमी रोशनी के नीचे खड़े देखा। वह सड़क के दूसरी तरफ पर थोड़ा दूर था। वहाँ कुछ आदमी और कुछ औरतें थीं। और मैंने तुरंत ही पहचान लिया कि यह वही है!

वह वहाँ एक छाते के नीचे तीन-चार लड़कों से घिरी हुई खड़ी थी। वह कितनी कमजोर दिखाई दे रही थी! वे उद्दंड लड़के उसे चिढ़ाने के लिए अथवा परेशान करने के लिए या उससे भी बुरा कुछ करने के लिए वहाँ मँडरा रहे थे। रोड के दूसरी तरफ झोंपड़पट्टी थी। साफ पता चल रहा था कि ये लड़के वहीं के रहनेवाले थे। और मैं ही थी, जो उसे ऐसी जगह पर इंतजार करने के लिए जोर दे रही थी। वह अभी तक जिंदा थी और किसी ने उसके साथ कुछ गलत नहीं किया था अभी तक।

हमने जल्दी से गाड़ी घुमाई और आवाज करते हुए उसके पास लाकर रोक दी। अब तो लड़के वहाँ से चले ही जाएँगे, मैंने सोचा, परंतु जहाँ खड़े थे, वहीं खड़े रहे!

तब मुझे अपनी जिंदगी का सबसे बड़ा झटका लगा, जब रिजू ने मुड़कर छाता उन में से एक लड़के को पकड़ाया, मुसकराई और उससे कुछ कहा।

क्या उसका दिमाग खराब हो गया है, वह उनसे क्यों बात कर रही है? क्या वह नहीं जानती कि इससे उन्हें बढ़ावा ही मिलेगा? मैंने जल्दी से दरवाजा उसके लिए खोला, ताकि वह तुरंत सुरक्षित स्थान पर आ जाए। वह गाड़ी में बैठ गई और मैंने चैन की साँस ली।

घर वापस जाते समय, अब काफी धीरे चलते हुए, क्योंकि हमारी कीमती बेटी हमारे साथ सुरक्षित थी, हमने रिजू से उसके इस व्यवहार के

बारे में पूछा। उसने कहा, ''जब मैं बस स्टॉप पहुँची, तब मैंने पाया वह केवल पूर्व आग्रह वाला स्टॉप था। वहाँ पर कोई नहीं था। मैंने वहाँ खड़े होकर काफी देर इंतजार किया, तब ये लड़के मेरे पास आए और मुझसे पूछा कि मैं यहाँ क्यों खड़ी हूँ। मैंने उन्हें वजह बताई। तब उनमें से एक ने कहा, तुम मेरे घर चलकर क्यों नहीं इंतजार करती और मेरी माँ तुम्हारा खयाल रखेंगी। तुम वहाँ ज्यादा सुरक्षित रहोगी और आराम में भी। मैंने मना कर दिया और कहा, मगर मेरे माता-पिता तुम्हें कैसे पहचानेंगे, मुझे यहाँ बस स्टॉप पर प्रतीक्षा करनी होगी। तब उसने मुझे अपना छाता दिया और कहा, ठीक है, हम भी तुम्हारे साथ यहाँ इंतजार करते हैं, क्योंकि ऐसे अकेले इंतजार करना तुम्हारे लिए सुरक्षित नहीं है। यही वजह थी कि वे मेरे साथ खड़े हुए थे, जब तक आप लोग नहीं आए।''

उसकी बात सुनकर मुझे खुद पर शर्म आई। मैं यहाँ उन झोंपड़पट्‌टीवाले लड़कों के बारे में कितना गलत सोच रही थी, जबकि वे बारिश में मेरी बेटी की सुरक्षा के लिए खड़े थे! मैं कितनी गलत थी! मेरा निर्णय उनकी बाह्य आकृति पर आधारित था। मुझे खुशी है कि उस दिन उन लड़कों ने मेरी सोच को बदल दिया था और मेरे अविश्वास को मानव जाति की शालीनता के विश्वास से बदल दिया था।

□

जैसी करनी वैसी भरनी!

—तूलिका दुबे

वह मुजफ्फरपुर की एक ठंडी सुबह थी, जब नगीना को ऐसी खबर मिली, जिसने उसके दिल के टुकड़े कर दिए। नगीना को अभी कुछ ही समय पहले ललित नारायण मिताली विश्वविद्यालय में प्रवक्ता के पद पर नियुक्त किया गया था। नगीना की दोस्ती साथ के ही एक प्रवक्ता अमिशा से थी, जिसे वह अपने परिवार की तरह समझने लगा था। दोनों को अपनी तय यात्रा पटना के लिए अपने जरूरी साक्षात्कार के बाद शुरू करनी थी। पर जब नगीना निर्धारित दिन पर मुजफ्फरपुर पहुँचा तो उसे पता चला कि अमिशा तीन दिन पहले ही पटना के लिए निकल चुका था।

नगीना को ज्यादा वक्त नहीं लगा यह समझने में कि क्या हुआ है। निराशा से उसका मन भर गया, यह देखकर कि उसके दोस्त ने इंटरव्यू में प्राथमिकता पाने के लिए उसे धोखा दिया।

एक हफ्ते पहले ही बिहार सर्विस पब्लिक कमीशन ने ललित नारायण मिताली विश्वविद्यालय में स्थायी प्रवक्ता पद के लिए साक्षात्कार के लिए घोषणा की। नगीना और अमिशा दोनों अस्थायी प्रवक्ता थे। पर बिहार सर्विस पब्लिक कमीशन के इस समाचार ने दोनों के सामने जीवन बदलने का मौका रखा। दोनों दोस्तों ने एक ही पद के लिए आवेदन दिया था। नगीना को यह बात तो समझ आ गई थी कि उसे अपने दोस्त अमिशा के

साथ प्रतिस्पर्धा करनी होगी, मगर उसका सरल दिल यह नहीं समझ पाया था कि उसका दोस्त उनकी दोस्ती का बिना खयाल किए, आगे बढ़ने के लिए जो भी करना पड़ेगा, करेगा। इसलिए जब अमिशा ने प्रस्ताव रखा कि साक्षात्कार से एक दिन पहले वे मुजफ्फरपुर में मिलकर पटना के लिए निकलेंगे तो उसने तुरंत हाँ कर दी।

अमिश का तीन दिन पहले ही पटना के लिए निकल जाने का एक ही मतलब था, वह अकादमी के और महत्त्वपूर्ण पदों पर बैठे लोगों के चक्कर काट रहा होगा, ताकि उसका चयन हो जाए। नगीना के लिए, जोकि एक बाहरी आदमी था और जिसकी पहचान किसी भी ऊँचे पद पर बैठे लोगों से नहीं थी, यह उसकी दुनिया का अंत था।

नाउम्मीदी और भारी मन से वह पटना के लिए निकल पड़ा।

अगली सुबह ठीक 8:00 बजे नगीना अच्छी तरह तैयार होकर साक्षात्कार वाली जगह पहुँच गया। उसने सुनिश्चित कर लिया था कि उसकी बाह्यकृति, उसके टूटे हुए विश्वास को न दिखने दे। अंतत: उसका नाम पुकारा गया। पैनल में बी.पी.एस.सी. के चेयरमैन श्री राम शुक्ला थे और उनके दोनों छोर पर विशेषज्ञ बैठे थे। उनका सख्त चेहरा व उदासीन व्यवहार देखकर उसका बचा-खुचा विश्वास भी खत्म हो गया।

कुछ पलों की शांति के बाद श्री शुक्ला ने उससे एक अप्रत्याशित सवाल पूछा, "आप कहाँ के रहनेवाले हैं मिस्टर दुबे?"

नगीना चौंक गया। उसने सोचा कि वह यह देखना चाहते हैं कि वह वार्त्तालाप में कितना निपुण है, अत: उसने सारी जानकारी एक ही वाक्य में दे दी, "सर, मैं गोद्दा जिले के एक दूर गाँव बंदनवार से हूँ, जो कि··

"बंदनवार?" श्री शुक्ला ने उसे बीच में रोकते हुए पूछा।

नगीना को नहीं लगता था कि किसी को उसके छोटे से गाँव के बारे में कोई जानकारी होगी। उसे नहीं पता था कि श्री शुक्ला उसके साक्षात्कार से ऊबकर यह सवाल मजा लेने के लिए पूछ रहे थे या उन्हें

वाकई इस गाँव में कोई दिलचस्पी आ गई थी! कुछ भी हो, इस सवाल का उसके साक्षात्कार से कोई लेना-देना नहीं था।

नगीना ने श्री शुक्ला की तरफ देखा। उनकी आँखों में अब कुछ अलग सा दिखाई दे रहा था। उनकी आँखें बच्चों की तरह चमक रही थीं और नगीना को श्री शुक्ला के उतावलेपन का आभास उनके अगले सवाल से हो गया, "क्या तुम कांती प्रसाद दुबे को जानते हो?"

नगीना को कुछ समझ नहीं आ रहा था। बी.पी.एस.सी. के चेयरमैन उसके दादाजी के बारे में उससे क्यूँ पूछ रहे थे? उसने 'हाँ' में सिर हिलाकर कहा, "जी हाँ, वे मेरे दादाजी हैं। मगर अब वे बूढ़े होने की वजह से बिस्तर पर ही रहते हैं।"

इतना कहते ही नगीना ने देखा कि मिस्टर शुक्ला की आँखों में आँसू भरे हुए थे और उन्होंने उत्सुकता से कहा, "पर वे जीवित हैं! क्या तुम मेरे पर एक एहसान करोगे? क्या तुम उनको बता दोगे कि मैंने उन्हें प्रणाम कहा है और मैं उनका आशीर्वाद माँगना चाहता हूँ?"

उस जवान लड़के के लिए, जो वहाँ एक स्थायी नौकरी के लिए बैठा हुआ था, उसके लिए यह सब पेचीदा था। उसने 'हाँ' में सिर हिला दिया।

बचा हुआ साक्षात्कार तेजी में खत्म हो गया, क्योंकि पैनल में बैठे लोग इस बात से चकित थे कि उसने उनके चेयरमैन को रूआँसा कर दिया था। उन्होंने उससे कुछ सीधे सवाल किए और उसने उनका उत्तर दिया। नगीना अपने प्रदर्शन से संतुष्ट होकर कमरे से बाहर निकल आया।

जब परिणाम की घोषणा हुई तो सबकी उम्मीद के विपरीत नगीना का चयन विश्वविद्यालय में स्थायी प्रवक्ता के एकमात्र पद के लिए हुआ था। यह उसकी जिंदगी का सबसे खुशी का दिन था।

अमिशा की समझ में नहीं आ रहा था कि उसकी लॉबिंइग के बावजूद नगीना एक बाहरी होकर, जो कि उसके राज्य की तरफ का भी नहीं था, कैसे सफल हो गया? नगीना के लिए यह उसकी जिंदगी की

पहली जीत थी। उसके प्रमाण-पत्र बहुत ही शानदार थे। पर उसकी इस जीत ने उसका विश्वास भगवान् पर और भी गहरा कर दिया था। इस घटना से वह केवल यही नहीं समझा कि उसके अंदर काबिलियत है, बल्कि यह भी कि कोई भी धोखे से कुछ नहीं पा सकता। शायद उसे यह नहीं पता था कि उसकी जीत का एक छोटा कारण उसके जन्म होने से पहले की एक घटना से जुड़ा हुआ था।

अपनी नौकरी के एक साल बाद नगीना अपने बीमार दादाजी, कांति प्रसाद दुबे, को देखने अपने गाँव गया। वे दुबले व कमजोर दिख रहे थे। कभी-कभार वे कई दिनों तक बात नहीं करते थे। यह दिख रहा था कि वे अपनी मृत्यु की प्रतीक्षा कर रहे थे। नगीना को बताया गया कि उसके दादाजी ने सुनने की क्षमता काफी हद तक खो दी थी, तभी उसे याद आया कि उसे अपने साक्षात्कार के बारे में उन्हें बताना चाहिए। नगीना ने कहानी के कुछ हिस्सों को कई बार दोहराया पर अपने दादाजी से कोई जवाब न मिलने पर वह समझ नहीं पा रहा था कि वे कुछ समझे थे या नहीं?

पर जब नगीना ने तीसरी बार राम शुक्ला का नाम लिया तो चीजें बदल गईं। उन वृद्ध का हाथ तेजी से चला और उन्होंने नगीना से कहा, "वह नाम फिर से बोलो।" कई दिनों में वह पहली बार बोले थे—

"राम-राम शुक्ला।"

"राम?" उन्होंने दोहराया और नगीना ने अपने नब्बे वर्ष के दादाजी को पहली बार रोते देखा।

क्योंकि उसके दादाजी अब और कुछ नहीं बोल पा रहे थे, इसलिए उसने अपने ताऊजी से इस बारे में पूछा और अंततः उसे पूरी कहानी पता चल गई।

पैंतीस साल पहले कांति प्रसाद दुबे भभुआ नाम के गाँव के एक स्कूल के प्रधानाचार्य बनाए गए थे। उन्हें अपने परिवार से दूर रहना पड़ता था और वे उनसे महीने में केवल एक बार ही मिल पाते थे, पर वे

अनुशासित थे और अपने काम से प्यार करते थे।

एक बार स्कूल में उनके दफ्तर में राम शुक्ला नाम का एक प्रखर बुद्धिवाला छात्र दुःखी चेहरा लिये आया। उसके माता-पिता ने उसे बताया था कि उसे स्कूल छोड़ना पड़ेगा, क्योंकि वे उसके स्कूल और हॉस्टल का खर्च नहीं उठा सकते थे। कांति ने इस समस्या पर विचार किया और एक समाधान निकला। उन्होंने राम को अपने घर पर रहने के लिए आमंत्रित किया और स्कूल की फीस अपने वेतन से भर दी।

राम का तो जैसे सपना ही सच हो गया! उसने न केवल स्कूल में अपने शिक्षकों से सीखा, बल्कि घर पर अपने प्रधानाचार्य से भी सीखा। वह कृतज्ञता दिखाते हुए घर के व अपने प्रधानाचार्य के छोटे-मोटे काम भी कर देता था। और उधर राम कांति के परिवार की कमी को पूरा कर देता था। कुछ ही वर्षों में शिक्षक और छात्र के बीच गहरा नाता जुड़ गया था। और जब राम ने अपनी मैट्रिक परीक्षा पास की, तब वह अपने शिक्षक को धन्यवाद कहकर चला गया। वह आखिरी दिन था, जब उन्होंने एक-दूसरे को देखा था।

पैंतीस साल बाद पहली बार शिक्षक और छात्र ने एक-दूसरे के बारे में नगीना के माध्यम से सुना था। जब उसके ताऊजी ने कहानी खत्म की तो उसे समझ आया कि उसने इस मार्मिक चक्र में एक छोटी सी भूमिका निभाई थी। उसने राम शुक्ला और उसके दादाजी के मिलन का कार्य किया था। आज मृत्युशैय्या पर लेटे उसके दादाजी ने एक ऐसी कहानी सुनी, जिससे उनके मन को शांति मिली कि उनका प्रिय छात्र उन्हें भूला नहीं था।

कांति दुबे हलके से मुसकराए और सदा के लिए अपनी आँखें बंद कर लीं, इस बात से संतुष्ट कि आपका किया हुआ आपको किसी-न-किसी रूप में वापस मिलता है।

□

तूफान में कामयाबी

—शांतनु भौमिक

मुझे तूफान की तेजी बहुत पसंद है। यह कुदरत का अद्‌भुत नजारा होता है। तूफान अपने गुजर जाने के बाद एक अद्‌भुत रोशनी छोड़ जाता है, इसलिए मैंने तूफान के गुजरने के बाद टहलने का इरादा किया। आसमान सम्मोहक था। साफ हवा की खुशबू आश्चर्यजनक थी। ऐसा लग रहा था पेड़ की पत्तियाँ धोई गई हों और उनपर पड़ी पानी की बूँदें मानो गिरनेवाली हों, पर वे गिरती नहीं थीं, वे बस झूलती रहतीं। उनकी चमक क्रिसमस पेड़ पर लगी रोशनियों की तरह थी। ये सब पेड़ों को क्रिसमस पेड़ की तरह बना रहे थे।

टहलने के दौरान मैंने देखा कि कुछ बच्चे भाग रहे हैं और उनके पीछे एक बूढ़ा आदमी था, जो काफी गुस्से में था। बूढ़ा आदमी उनपर बुरी तरह चिल्ला रहा था और दो लड़के और एक छोटी लड़की सड़क पार अपने पीछे एक बैग खींचते हुए खरगोश की भाँति दौड़ रहे थे। मुझे नहीं पता था कि मामला क्या था, मैंने इन सबमें कोई दिलचस्पी नहीं ली और टहलता रहा। बच्चे भागते हुए एक गली में गायब हो गए।

कुछ मिनटों बाद मैंने बच्चों को फिर से देखा। वे तूफान की वजह से सड़क पर गिरे आमों को बटोर रहे थे। अब मैं समझ गया कि वह आदमी उनपर गुस्सा क्यों था। वे बच्चे शायद उस सड़क पर गिरे आमों के पीछे थे। मैं भी बचपन में ऐसा ही करता था, फर्क इतना था कि कि

बच्चे सड़क से आम इकट्ठा कर रहे थे और मैं और मेरे दोस्त आम बटोरने जंगल में जाया करते थे। इसलिए कोई गुस्से में बूढ़ा व्यक्ति हमारे पीछे नहीं होता था।

मैंने देखा कि वे बच्चे एक पेड़ से दूसरे पेड़ पर जा रहे थे। उनमें से एक बच्चे ने समझ लिया कि मैं उन्हें देख रहा था। वह थोड़ी देर के लिए घबरा गया, लेकिन फिर उसने मुझे नजरअंदाज करने का सोचा और सड़क से आम उठाने लगा।

मैं उनके पास गया और पूछा, ''तुम लोग क्या कर रहे हो।''

चौंकते हुए दोनों लड़कों ने कुछ भी नहीं कहा, लेकिन एक छोटी लड़की ने थोड़ी देर बाद कहा, ''हम आम इकट्ठा कर रहे हैं।''

शायद दोनों लड़के उसके बड़े भाई थे। उन्हें उसका मुझसे बात करना पसंद नहीं आया। उनमें से एक लड़के ने पूछा, ''तुम क्यों पूछ रहे हो? क्या तुम मालिक से हमारी शिकायत करोगे?''

''नहीं, मैं क्यों ऐसा करूँगा? तुम तो सड़क पर गिरे हुए आम उठा रहे हो। किसी के पेड़ से थोड़े ही चुरा रहे हो,'' मैंने उनका पक्ष लेते हुए जवाब दिया, जिससे उनकी चुप्पी टूट सके।

ऐसा ही हुआ।

''यह बात उस बूढ़े आदमी से कहने की कोशिश कीजिए, जो अभी हमारा पीछा कर रहा था,'' दूसरे लड़के ने कहा।

मैं मुसकरा दिया और उन्होंने आम इकट्ठा करना जारी रखा।

सभी आम अच्छे आकार के नहीं थे। आखिरकार, वे पेड़ से कंक्रीट पर गिरे थे। उनमें से कुछ पर खरोंचें तो कुछ में दरारें आ गई थीं और बाकी दो टुकड़ों में बँट गए थे। बच्चों ने सभी आमों का परीक्षण किया, जो उन्हें मिले। यदि वह अच्छा होता तो अपने बैग में रख लेते, यदि अच्छा नहीं होता तो उसे फेंक देते और अगले पेड़ की तरफ चल देते, फिर अगले पर, जब तक कि अगली सड़क पर जाने का समय नहीं आ जाता।

मैं भी उनके साथ चलने लगा, लेकिन मैं थोड़ी दूरी बनाकर चल रहा था, ताकि ऐसा न लगे कि मैं बच्चों का साथी हूँ। मैं चिंतित था कि अगर कोई दूसरा बूढ़ा आदमी अपने घर से बाहर आ गया और उनका पीछा किया, बच्चे जल्दी से भाग जाएँगे, पर वे मुझे कहाँ छोड़ जाएँगे? यदि मैं उनके साथी के रूप में पकड़ा गया, तो यह मेरे लिए बहुत ही शर्मनाक होगा। इसलिए मैं सावधान था कि मैं उनके इतने नजदीक न जाऊँ कि यदि वे पकड़े जाएँ तो मुझे उनके साथ शामिल होने से इनकार करना पड़े। इस बीच मैंने महसूस किया कि बच्चे मुझ पर भरोसा करने लगे थे; वे जानते थे कि मैं उन लोगों के बारे में कुछ नहीं बताऊँगा, क्योंकि अगर बताना होता तो अब तक बता चुका होता।

अचानक छोटी लड़की ने ध्यान दिया कि तूफान के कारण अमरूद के पेड़ से अमरूद भी टूट गए थे, उसने उन्हें भी उठाना शुरू कर दिया। उसने देखा कि कोई खरोंच या दरार तो नहीं, फिर अच्छे अमरूद रख लिये और बाकी फेंक दिए।

समय बीतता गया और क्योंकि हम सड़क से गए थे, मैंने खुद को एक पहरेदार के रूप में पाया। मैं नहीं जानता कि यह कार्य कब से शुरू हुआ, लेकिन मैं इस विचार के साथ खुश था, जब तक कि मैं परेशानी में नहीं आता। मैं स्वीकार करता हूँ कि यह काफी करीबी मामला था और मैं चुपचाप हलके खतरे का आनंद उठा रहा था। इसने मुझे मेरे बचपन के दिन याद दिला दिए, लेकिन मेरे जैसे सभ्य आदमी के लिए इस कार्य में सड़क पर रहनेवाले शैतान बच्चों का साथी दिखना थोड़ा अजीब था। इसलिए मैंने पूरा प्रयास किया कि मैं उनके साथ न दिखूँ, विशेष रूप से उनके सामने, जो मुझे जानते थे। उन बच्चों से बात करने या उनके साथ चलने में कोई समस्या नहीं थी, जब वे सड़क पर जा रहे थे, लेकिन जब वे फल उठाते, मैं उनसे अलग हो जाता।

मैंने उनके बैग को देखा और महसूस किया कि उनके पास जरूरत से ज्यादा फल हैं, फिर भी वे और ज्यादा फलों की खोज कर रहे थे।

मैंने दूसरी अजीब चीज गौर की कि उन्होंने बैग से एक भी आम या अमरूद नहीं खाया था। मुझे स्पष्ट रूप से याद है, जब मैं बचपन में इस प्रकार घूमता था, तो मैं और मेरे मित्र कुछ आम अपने बैग में रखते थे, उनमें से कुछ खाते थे और कुछ आधे खाए जंगल में फेंक देते थे, लेकिन ये बच्चे ऐसा कुछ भी नहीं कर रहे थे।

मैंने कहा, ''तुम्हें नहीं लगता इतने फल तुम लोगों के लिए काफी हैं?''

उन्होंने मेरी तरफ देखा, लेकिन कुछ कहा नहीं।

कुछ क्षण बाद छोटी लड़की ने कहा, ''हम ये अपने लिए नहीं इकट्ठा कर रहे हैं; हम यह फल बेचेंगे।''

बड़े भाइयों में से एक ने उसे कोहनी मारी। यह सबूत था कि वे अपनी योजना को मेरे सामने खोलना नहीं चाहते थे।

''हम इनको बेचकर अपनी माँ के लिए कोई उपहार लेंगे, आज उनका जन्मदिन है, पूरी सुबह हमने यही सोचने में बिता दी कि हम उन्हें क्या उपहार दे सकते हैं, लेकिन जब तक तूफान आया हम किसी निष्कर्ष पर नहीं पहुँचे थे। तब मेरे भाइयों में से एक के दिमाग में गिरे हुए आमों को उठाने और बेचकर पैसे से उपहार खरीदने का विचार आया।

मुझे बच्चों की इस बात ने बहुत प्रभावित किया कि वे अपनी माँ से कितना प्यार करते हैं! और अभी भी मेरे बचपन की यादें इस कटु वास्तविकता से कहीं अलग थीं।

छोटी बच्ची अपने भाइयों को देखने और आम उठाने उनके पीछे गई। मैं वहीं खड़ा रहा, उस सूचना का विश्लेषण करते हुए, जो मुझे अभी-अभी प्राप्त हुई थी। मैं विश्वास नहीं कर पा रहा था कि कितनी तेजी से चीजें बदल सकती थीं, कुछ क्षण पहले ये बच्चे खुश और उत्तेजित दिख रहे थे; वे सभी सार्वभौमिक बचपन की मूर्ति लग रहे थे। लेकिन अब वही बच्चे दुःखी और खिन्न लग रहे थे। एक वास्तविकता का सार, जो हम में से अधिकतर लोग नहीं देखते या देखना नहीं चाहते

और यहाँ तक कि जब इस प्रकार की स्थिति हमारे समक्ष आती है तो हम उससे किनारा कर लेते हैं।

वे सभी छोटे बच्चे थे। सबसे बड़ा शायद दस साल का था, सबसे छोटा आठ साल का रहा होगा; छोटी बच्ची छह साल से ज्यादा की नहीं रही होगी। यह आम इकट्ठा करके बाजार में बेचकर उससे माँ के लिए उपहार खरीदने की उम्र नहीं थी, लेकिन मैं क्या कर सकता था? अगर मैं उन्हें पैसे देता तो यह उनका अपमान होता, न केवल उनका बल्कि उनके उद्देश्य का भी। इसलिए मैंने कुछ नहीं किया और उनके साथ-साथ चलता रहा।

कुछ और सड़कों को पार करने और अधिक आम व अमरूद इकट्ठा करने के बाद बच्चों ने निर्णय लिया कि अब पर्याप्त फल हो गए, तो वे बाजार की तरफ चल दिए। अभी तक की यात्रा में मैं उनके साथ था, इसलिए मैंने थोड़ा और रुकने का निश्चय किया, ताकि उनके प्रयासों की पराकाष्ठा को देख सकूँ।

वे जानते थे कि अपने बाजार में फल नहीं बेच सकते थे, क्योंकि स्थायी विक्रेता आपत्ति करेंगे, इसलिए उन्होंने बाजार में सड़क किनारे एक दुकान लगाने की सोची। मैंने देखा कि उन्होंने बैग को सड़क किनारे रख दिया, घास पर फलों को उड़ेल दिया और गुणवत्ता व आकार के आधार पर आम तथा अमरूद को बाँटा और बैग पर सावधानी से उनके ढेर लगा दिए। वहाँ दो प्रमुख ढेरियाँ थीं, एक अमरूद की और एक आम की। अमरूद का ढेर अधिकतर सामान्य था, लेकिन आम के ढेर में कई प्रकार और आकार के फल थे। वह एक विषम मिश्रण था और इसलिए उनका मूल्य कम था, फिर भी लोग दाम के लिए उनसे मोलभाव कर रहे थे। मुझे आश्चर्य हुआ कि लोग कैसे इतने छोटे बच्चों से मोलभाव कर सकते हैं? मुझे उन बच्चों के लिए नहीं, बल्कि जो लोग मोलभाव कर रहे थे, उनके लिए आशाहीनता और दु:ख महसूस हुआ। मेरी नजर में बच्चे हीरो थे।

कीमत कम होने के कारण फल बहुत जल्दी बिक गए। अब केवल कुछ ही आम बचे थे। वे इतने कम थे कि लोग उन्हें देखने को भी नहीं रुकते थे। बच्चे अपने स्टॉक को जितनी जल्दी हो सके, बेचने के लिए परेशान थे, क्योंकि उन्हें अपनी माँ के लिए उपहार खरीदने के लिए पैसों की आवश्यकता थी और शाम भी लगभग खत्म होने को थी।

मैंने उन सभी को खरीदने के लिए आगे बढ़ने को सोचा और कहा, ''अच्छा, मुझे भी कुछ आम की आवश्यकता है। ये कितने के हैं?''

छोटी बच्ची मुझे देखकर मुसकाई और बच्चे जोड़-भाग में लग गए। फिर उन्होंने कहा, ''आठ रुपए के।''

मैंने एक दस रुपए का नोट निकाला और उन्हें दे दिया। तुरंत ही मुझे छुट्टे पैसे देने के लिए उन्होंने बैग खँगालना शुरू किया।

''चिंता मत करो छुट्टे पैसे रखो,'' मैंने कहा, लेकिन उन्होंने सुनने से इनकार कर दिया और मुझे दो रुपए का सिक्का दे दिया।

''तो क्या तुमने निश्चित कर लिया कि तुम क्या उपहार अपनी माँ को देना चाहते हो?'' मैंने पूछा।

लड़कों ने अपनी बहन को घूरना शुरू किया। यह उनका रहस्य था और वह उसे अपने तक रख न सकी। उस क्षण मुझे ऐसा लगा कि मैंने उनके विश्वास को धोखा दिया। यह अजीब था।

अंत में लड़के ने कहा, ''हमने अभी तक निर्णय नहीं लिया है। हम पैसे गिन लेंगे तब देखेंगे कि हम क्या खरीद सकते हैं।''

उन्होंने अपने बैग से सारे पैसे निकाल दिए और गिनना शुरू किया। वह सौ रुपए से कुछ अधिक थे। उन्होंने एक-दूसरे को इस तरह से देखा, मानो कह रहे हों कि ये उम्मीद से ज्यादा हैं। लंबे समय तक वे किसी अर्थपूर्ण निष्कर्ष पर नहीं पहुँचे, जब तक कि छोटी बच्ची ने एक छाता बेचनेवाले की तरफ इशारा नहीं किया। वह पानी से भीगी सड़क पर अपने ग्राहक को ढूँढ़ने के लिए इधर-उधर भटक रहा था।

"माँ यह छाता इस्तेमाल कर सकती है। वह हमेशा घर भीगती हुई वापस आती है।" छोटी बच्ची ने सुझाव दिया। उसके भाई उससे सहमत हो गए।

मैं वहीं खड़ा उन्हें देख रहा था। वे दौड़कर उस छाता बेचनेवाले के पास पहुँचे और विभिन्न आकार और रंगवाले छातों में से अपनी पसंद का छाता खोजने लगे। पर वह छोटी बच्ची एक सुंदर सफेद छाते से चिपक गई, जिस पर लाल रंग के फूल बने हुए थे।

उसने उस ओर इशारा किया और कहा, "मुझे यह चाहिए।"

लेकिन वह छाता उनके पास एकत्र हुए पैसों से ज्यादा का था। छातेवाले ने कम पैसे के कारण देने से मना कर दिया, लेकिन समझने को तैयार नहीं थी। तब उसके भाइयों ने भी उस बच्ची को मनाने की कोशिश की, लेकिन आप किसी छह साल की बच्ची से कितनी बहस कर सकते हैं, जबकि वह रोने की कगार पर हो?

मैं वहाँ सिर्फ खड़ा रहकर यह सब नहीं देख सकता था।

बच्चे छाता बेचनेवाले के सामने खड़े थे और उनके शरीर का पिछला हिस्सा मेरे सामने था। मैंने अपनी जेब से एक पचास रुपए का नोट निकाला और छाता बेचनेवाले के सामने लहराया। उसने मेरी तरफ देखा। मैंने अपनी उँगली को मुँह पर रखा और उससे भी चुप रहने का इशारा किया। वह समझ गया कि मैं क्या चाहता हूँ! उसने उन बच्चों को उनकी पसंद का छाता दे दिया और जितने पैसे वे दे सकते थे, उनसे ले लिये।

जैसे ही बच्चे अपने तोहफे के साथ उसके रास्ते से हटे, छाता बेचनेवाला धीरे से मेरी तरफ आया और मेरे हाथों से पचास रुपए का नोट लेकर चला गया।

मैं जानता हूँ, जो मैंने किया उसे कुछ लोग दया कहेंगे, लेकिन ऐसा था नहीं। मुझे लगता है, वे बच्चे मेरे प्रति दयालु थे। पैसे का मूल्य क्या है, यह सिर्फ उस छपे हुए कागज का मूल्य था। मेरे लिए पचास

रुपए के नोट की कीमत एक चॉकलेट का टुकड़ा या एक चिप्स का बैग, या एक प्लेट नूडल्स; लेकिन इन बच्चों के लिए वही पचास रुपए का नोट अपनी माँ के प्रति लगाव जताने का एक जरिया था कि वे अपनी माँ की कितनी परवाह और प्यार करते हैं! उन्होंने मेरे पचास रुपए की नोट की कीमत लाखों गुना बढ़ा दी थी। कौन जानता है कि उनकी माँ ने किस तरह की प्रतिक्रिया दी होगी, जब उन्हें उनका जन्मदिन का उपहार मिला होगा? हो सकता है, वे रोई हों! इसकी कीमत लगाना उनकी खुशी के आँसुओं का अनादर करने जैसा होगा।

उस दिन के बाद मैं जब भी उस बाजार से निकलता, उन बच्चों की खोज इस उम्मीद में करता कि अब वे मुझे सड़क पर दोबारा फल बेचते नहीं दिखेंगे।

मैंने उन्हें दुबारा फिर कभी नहीं देखा।

□

एक विशेष तरह का आकस्मिक मिलन

—तपन मुखर्जी

मेरे पिता एक चिकित्सा व्यवसायी थे, जो पश्चिमी बंगाल में रानीगंज की एक निजी कंपनी में काम करते थे। उस कंपनी के अफसरों को एक बड़े से परिसर में अपने-अपने अलग बँगले मिले हुए थे। हमारा घर परिसर के कोने में था। अफसरों का क्लब हमारे बगीचे की दीवार से सटा हुआ था। इसका अहाता ब्रिटिश राज की याद दिलाता, जिसमें ऊँची छतवाले कमरे और सामने सार्वजनिक ओसारा था।

कंपाउंड भव्य और खूब हरी-भरी घास, रंग-बिरंगे फूलों तथा शानदार पेड़ों से भरा हुआ था। रसोई का बगीचा और भव्य पेड़ों का समूह निरंतर बहुत सी प्रजातियों के पक्षी तथा गिलहरियों को आकर्षित करता था। लंगूरों के एक समूह ने करीब के एक पेड़ की खोह में अपने रहने की जगह बना ली थी। वे हमारे अस्तित्व और दैनिक जीवन का आवश्यक अंग बन गए थे। मैंने गिलहरी को किसी बेर या बादाम को निपुणता से कुशलतापूर्वक फोड़ते और छोटी सी सनबर्ड को अथक प्रयास से घोंसला बनाते देख कभी भी आश्चर्य व्यक्त नहीं किया।

हमारे बचपन की कुछ ऐसी घटनाएँ होती हैं, जो हमारे ऊपर हमेशा के लिए एक निशान छोड़ जाती हैं और ये घटनाएँ निरंतर हमारे जीवन को प्रभावित करती हैं। एक ऐसी ही घटना शनिवार की एक दोपहर घटी, जिसने मेरे जीवन पर गहरा प्रभाव डाला और मेरी आँखों के सामने भगवान्

की बनाई कृतियों का एक संपूर्ण नया आयाम सामने आया।

ये पूजा की छुट्टियों के कुछ दिन थे। किसी और सामान्य बच्चे की तरह, छुट्टियों के दिन मुझे यह मौका देते थे कि मैं अपनी मनपसंद कहानी की पुस्तकें और पत्रिकाएँ, जो विशेषकर छुट्टियों के दिनों में छपती थीं, उनका लुत्फ उठा सकूँ।

दोपहर के भोजन के बाद मेरे माता-पिता और मेरी छोटी बहन दोपहर की नींद के लिए लेट गए और मैंने एक कहानी की पुस्तक पढ़नी शुरू कर दी। वह शांत दोपहर किसी रोमांचक कहानी को पढ़ने का बेहतरीन माहौल बना रही थी। उस नीरवता को तोड़ने का काम मेरे परिवार के खर्राटे, गौरैया के बोलने की आवाज, कौवे की कटु काँव-काँव और ऊँचे आसमान में उड़नेवाली पतंगों की ध्वनि कर रही थी। समय बीत रहा था। मैं पूरी तरह पुस्तक में डूब गया था।

अचानक मुझे सड़क पर कुत्तों के झुंड की भयंकर भौंकने की आवाज आई। मैंने उस शोर को यह सोचकर नजरअंदाज करने की कोशिश की कि शायद उन कुत्तों ने एक असहाय सूअर को पकड़ लिया होगा। लेकिन जल्दी ही भौंकने की आवाज तेज और हिंसक होती गई तथा कौवों के झुंड का कोलाहल चेतावनी दे रहा था। यह आवाज करीब आती जा रही थी। जिज्ञासा ने मुझे बैठने नहीं दिया। पुस्तक को किनारे रखकर, मैं यह देखने के लिए अहाते की तरफ भागा कि क्या हो रहा है?

मैंने क्लब हाउस की छत के ऊपर एक भयानक नजारा देखा। एक नर लंगूर, जोकि अपने समूह का नेता था, अपने हाथ में एक लंगूर के बच्चे को पकड़े हुआ था। वह उसे बेरहमी से काट रहा था, मानो जैसे वह उसे जान से मारना चाहता हो! उसी दौरान कुछ कुत्ते और गाय भी वहाँ जमा होकर शोर मचाने लगे। उस बच्चे की बेबस माँ और बाकी समूह के लंगूर आस-पास की बिल्डिंग की छतों से बच्चे को मरते हुए देख रहे थे। यह सब देखकर मुझे एक खतरनाक पुरानी प्रथा याद आ

गई, जिसके अनुसार जानवर कबीले का प्रमुख नर दूसरे नर या नर शिशु को अपने समूह में जीने नहीं देता है ।

बिना समय बरबाद किए हुए मैंने एक लकड़ी उठाई और पत्थर का टूकड़ा लंगूर की तरफ मारा। वह लंगूर अपने काम में इतना व्यस्त था कि उस पर मेरे पत्थरों की बौछार का कोई असर नहीं हुआ। कुत्तों का भी भौंकना और तेज हो गया था।

बदले हालातों और अचानक हो रहे हमलों ने लंगूर को बच्चा फेंकने के लिए मजबूर कर दिया। वह फिसलता हुआ छत से नीचे आकर आँगन में गिरा। देखने से वह मरा हुआ मालूम पड़ रहा था। जैसे ही वह नीचे गिरा, कुत्तों का झुंड उसकी तरफ एक आसान शिकार और अच्छे खाने की तलाश में लपका। पर उनको छड़ी की मदद से दूर रखते हुए मैंने बच्चे को उसकी पूँछ से पकड़ा। बच्चा गतिहीन और मृत लग रहा था। वह वास्तव में एक नर शिशु था।

इस समय तक मेरे माता-पिता, बहन और आस-पड़ोस के लोग वहाँ इकट्ठा हो गए थे। सब बड़े गौर से मेरा बचाव अभियान देख रहे थे।

मैं लंगूर के बच्चे को घर के पीछे की ओर लेकर गया। वहाँ मैंने उसे जमीन पर हलके से लिटाया। उसके पूरे शरीर पर खरोचें थीं और दाँतों के निशान थे, जिसमें से खून बह रहा था। बच्चा एकदम गतिहीन था। मेरे पिताजी ने उसके घावों को साफ करके उसका प्राथमिक उपचार किया। मैं बच्चे को साँस लेता देख थोड़ा चिंतामुक्त हुआ, यद्यपि उसकी साँसें बहुत धीमी थीं।

ठंडे पानी की बौछार और कुछ थपकियों से उसके शरीर में हरकत हुई तथा वह उठ बैठा। वह सदमे की स्थिति में था और हवा में उड़ती पत्तियों की तरह काँप रहा था। उसकी दो चमकती आँखों से आँसू बह रहे थे। उसने सुबकना शुरू किया और जल्दी ही वह तेज आवाज में रोने लग गया, जैसे कोई इनसान का बच्चा किसी यंत्रणा से गुजरने के

बाद करता है। मैंने उसे एक छिला हुआ केला दिया, जिसे उसने हिचकते हुए काँपते हाथों से खाना शुरू कर दिया।

मेरा सारा ध्यान उस लंगूर के बच्चे में लगा हुआ था। अचानक मुझे अहसास हुआ कि कोई मुझे देख रहा है। मैं पीछे मुड़ा और ऊपर की तरफ देखा। हमारे रसोईघर की छत पर उस लंगूर के बच्चे की माँ बैठी थी, जो हमारी हर गतिविधि पर नजर रखे हुए थी। वह चुपचाप वहाँ शांति से बैठी थी, जैसे उसे पता हो कि उसके बच्चे को कोई कष्ट नहीं पहुँचाया जाएगा।

इसी दौरान बच्चे को अपनी माँ की उपस्थिति की खुशबू आ गई और वह चीखकर रोने लगा। मैं दरवाजे की तरफ से हट गया, ताकि माँ आकर अपने बच्चे से मिल ले।

माँ तुरंत जमीन पर कूदी और बच्चे को अपनी बाँहों में ले लिया। उसने बच्चे के पूरे शरीर का निरीक्षण किया कि कहाँ-कहाँ जख्म हुए हैं और उसके बाद उसे अपने सीने में समा लिया। बच्चे को उसकी ध्यान रखनेवाली बाँह में बड़ी शांति मिली। कुछ क्षणों के लिए वह अपने बेटे को गोदी में लिये स्थिर बैठी रही। यह ऐसा ही था, जैसे वह अपने विकल्पों पर विचार कर रही हो कि वह अपने बच्चे को भविष्य में किस तरह खतरों से बचा सके!

कुछ क्षणों के बाद, माँ लंगूर ने सीधे मेरी आँखों में देखा। आज भी मैं उसकी आँखों के उन भावों को भूल नहीं सकता, जो मानो मुझसे अपने बच्चे को बचाने के लिए मौन धन्यवाद दे रही थी। मैं उसके जज्बे, भावों और जिस तरह उसने मुझे धन्यवाद दिया, उससे अभिभूत था। वहाँ एक सार्वभौमिक माँ अपने बच्चे को सीने से चिपकाए बैठी थी।

तब, झटके से, वह अपने बेटे को अपने पेट से चिपकाए कूदी और रसोईघर की छत पर पहुँच गई। उसने आस-पास के क्षेत्र का मुआयना उस नर लंगूर को देखने के लिए किया और उस हिंसक भिड़ंत की विपरीत दिशा में चली गई।

माँ लंगूर और उसके बेटे से एक छोटी सी मुलाकात ने मुझे इस बात का कायल कर दिया कि अंतरनस्लीय संचार और साझा विश्वास एक वास्तविकता है, बस किसी को सही तार छेड़ने की जरूरत है। माँ लंगूर ने मुझे दिखाया कि इनसान और जानवरों के मध्य सिर्फ खाना ही संचार का माध्यम नहीं है, लेकिन इसके अलावा विश्वास, सहानुभूति और साझा समझ जैसे भी कुछ तरीके हैं, जिनसे यह संचार किया जा सकता है।

इस समझ ने मुझे अपनी छोटी सी दुनिया को नजदीक से देखने और जीवन के विभिन्न रूपों की संगति में आनंद खोजने का मौका दिया, चाहे वह छोटा सा शर्मीला 'टच मी नॉट' पौधा हो या कोई साँप का बच्चा या फिर छोटी सी राख के रंग की फुदकी चिड़िया, जो झाड़ियों में अपने लिए खाना ढूँढ़ रही हो।

उस घटना को बीते हुए आज पचपन वर्ष बीत गए हैं। मैं आज सत्तर साल का हूँ, लेकिन मैं आज भी उस विशेष तरह की आकस्मिक मुलाकात को याद करता हूँ।